KB136609

달빛 산책

달빛 산책

초판 1쇄 발행   2023년 3월 10일

지은이 | 김지원
만든이 | 이한나
펴낸이 | 이영규
펴낸곳 | 도서출판 그린아이

등록 연월일 | 2003. 12. 02.
등록 번호 | 제2-3893호
주소 | 서울특별시 은평구 녹번로 6-11, 201호
전화 | 02)355-3035
이메일 | gmh2269@hanmail.net

ISBN 979-11-91376-14-2(03810)

달빛 산책

김지원
세3 수필집

그린아이

두 번째 수필집을 낸 지 2년이 되었다.

이번 수필집에는 수필의 성격도 있지만 시의 성격도 있다. 물론 수상이나 칼럼의 성격을 지닌 글도 포함되어 있다.

장르의 구분이 별 의미가 없다고 생각했기 때문이다.

지난번 수필집 『이상한 풍향계』를 읽고 다음을 기다린 독자들에게 감사의 뜻을 전한다.

2023. 봄

김지원

차례

사랑 분류법

시인 최정인 선교사의 수필집이 도착했다.

책 제목은 『60년의 사랑』이고 저자는 부부 공저다.

멀리 필리핀에서 오랫동안 선교 활동을 하고 있는 분인데 책 제목부터가 예사롭지 않다.

살펴보니 예상대로 젊은 날 부부로 만났던 이야기가 꼼꼼히 기록되어 있다.

대단하다는 생각이 들었다.

젊은 날 만났던 시간과 장소, 그리고 만나게 된 동기와 그간의 과정이 자세히 기록되어 있어 경이롭다는 생각마저 들었다.

러브 스토리를 만천하에 공개하다니!

존경스러운 일임이 분명하다.

그러고 보니 그보다 먼저 보내온 시집도 생각났다.

그러니까 한 이십오 년 전쯤 『사랑도 오래 묵어야 익

는다』라는 시집을 받았던 일이 생각났다.

오래 묵어 익은 사랑이란 발효된 것인데 발효된 것과 이상발효로 냄새나고 변질된 사랑을 염두에 둔 듯하다.

과연, 시인만이 가지고 있는 이상적인 사랑 분류법인 셈이다.

사랑은 사랑하는 대상이 있어야 하고 서로 좋아야 한다.

일방적일 때는 짝사랑이 되든지 요즘처럼 병적인 집착으로 스토킹 범죄가 될 수도 있기 때문이다.

"서로 사랑하라."는 것은 사랑의 대원칙이다.

부부지간은 더 말할 필요도 없다.

평생 낯선 사람끼리 만나서 가정을 이루고 살아가는 것은 마치 도를 닦는 것과 같아서 오랫동안 침묵 기도를 해야 할 때가 많다.

참고 인내해야 할 때가 있고,

스스로 마음을 추스르고 위로하든지 해야 하기 때문이다.

물론 그도 저도 수도修道가 안되면 결국 인연의 줄을 끊어야 할 마지막 결단이 필요할지도 모른다.

사랑은 처음 만났던 젊은 날처럼 그렇게 뜨겁기만 한 것은 아니다.

전기로 작동되기 때문이다.

젊은 날 발전량처럼 항상 사랑의 출력이 강렬한 것만은 아니니 말이다.

전기는 쓰든 안 쓰든 자연 방전이 되기 마련이요 세월이 가면 결국 소멸이 되기 때문이다.

마지 집에서 사용하는 손전등이나 형광등이 처음에는 밝다가 시간이 지나면 점차 희미해지고, 그리고 좀 더 희미해지다가 까맣고 붉은빛을 띠다가 종래는 사라지는 것과 같은 이치다.

인체는 작은 발전소다.

화력 발전도 아니고 수력도 아니고 자연 발전소인 셈이다.

이 발전소는 평생 몸의 각 기관에 미세한 전류를 공급할 필요로 세워진 것이다.

심장이 박동되는 순간부터 생명을 다할 때까지 인체를 가동시키는 무공해 천연 발전소.

따라서 이 발전소의 발전량이 감소하면 사랑도 감소한다.

그러나 한편으로 생각해 보면 한 핏줄을 타고 나온

형제들도 마음이 맞질 않아 티격태격하고 서로 의절하고 사는 경우도 있는데 이성무촌二姓無寸으로 만나 평생 좋은 일만은 없을 터.

결국 서로 맞추면서 살아갈 수밖에 없다는 결론에 도달한다.

물론 그것이 안 된다면 "그러려니" 하고 살든지 그 방법도 불가하면 평생 소 닭 보듯 사는 것 외에는 다른 도리가 없을 것이다.

젊어서는 사랑 때문에 만났고 뜨겁지만 나이가 들어서는 사실 서로에 대한 연민의 정으로 산다.

사랑이 오래되어 발효되는 과정인 셈이다.

사랑의 또 다른 모습은 배려요 배려는 이해에서 나온다.

젊어서는 이해하기 힘들었던 식성, 습관, 말투, 성품 등을 조금씩 이해한다면 사랑이 잘 발효되고 있는 증거다.

그러나 끝까지 이해가 안 된다면 정상발효와는 거리가 멀다.

주변에 있는 문우들 가운데 남편에 대한 아내의 몰이해에 힘들어하는 분들이 적지 않음을 본다.

신앙은 맞는데 글 쓰는 것을 이해 못하는 경우다.

재능이란 후천적인 반복 학습으로 생겨난 것이 아니라 태어날 때 받은 선물인데 창조주로부터 받은 선물을 이해 못한다니 오히려 이해난이다.

더구나 젊어서 눈이 멀 때는 보이지 않던 것이 눈이 밝아져 보인다니!

결점이 보이기 시작하면 사랑이 식었거나 변질되어 가고 있는 이상발효 증거다.

평생 아동문학을 하고 교단 공과를 집필한 S목사님은 살아생전 만날 때마다, 우리 집사람은 나의 글 쓰는 일을 이해 못한다고 불편한 속내를 털어놨다.

역시 목회자요 교계 연합활동을 한 Y목사님도 생전에 자기의 문학적 달란트를 이해 못한 아내에 대해 답답한 마음을 털어놓을 때가 많았다.

물론 두 분 다 이제는 세상을 떠났지만.

생각하면 대화 없이 홀로 섬에서 살다 간 사람처럼 느껴진다.

어디 그런 경우가 두 사람에게만 해당되는 것일까.

소크라테스는 사랑은커녕 평생 폭군 노릇을 한 아내 크산티페가 어느 날 큰 소리로 욕을 하면서 설거지 물을 끼얹자 "벼락 뒤에는 비가 온다." 하며 호연지기를 보였다지만 그 쓰린 속내는 아무도 모른다.

하이든의 아내는 하이든이 쓴 악보를 과자 포장지로 사용하고 머리카락을 마는 종이로 사용했으니 이 분야의 대표 주자라고 해도 손색이 없고,

모차르트의 아내 '콘스탄체'는 남편이 죽었는데도 불구하고 아프다는 핑계로 묘지에 가지 않아 결국 시체를 따라간 사람은 묘지 인부들뿐이었다니 고도에 유배되어 살다 간 사람과 다를 바 없다.

세상이 바뀌다 보니 요즘은 황혼이혼이네 졸혼이네 하는 낯선 말들을 만날 때가 많다.

그동안 가정을 위해 수도修道는 하지 못하고 꾹꾹 참고만 살았다는 증거 아니겠는가.

그리고 마침내 침묵하던 화산이 폭발하듯 폭발해 서로 헤어지게 되니 비극이다.

이런 경우는 뭐라고 해야 하나.

사랑의 분류법으로 보면 오래되고 묵어 발효되었거나 이상발효로 냄새를 풍기는 변질된 사랑, 둘 중 하나인 것 같기는 한데,

글쎄다.

살아 있는 것들의 향기

꽃에는 향기가 있다.

물론 향기가 없는 꽃도 있지만 향기는 꽃이 표현하는 언어요, 시요, 제단에서 피어오르는 향연香煙이다.

동양난의 향기는 은은하다.

끊어질 듯 이어지고 이어질 듯 끊어지는 보이지 않는 리듬을 탄다. 그곳에는 비밀한 숨결이 숨어 있고, 가락이 깃들어 있고, 춤사위가 내장되어 있다.

가까이서 보면 보이지 않지만 외면할 땐 살며시 찾아와 건네는 미소!

동양난의 향기는 그런 것이다.

반면 서양난은 화려하지만 대부분 향기가 없다.

화려함 이면에 숨어 있는 쓸쓸함이라고나 할까.

하루 종일 말없이 정적을 보듬고 있는 것이 마치 진열장의 무표정한 마네킹처럼 보이기도 하고 텅빈 대합

실의 공허한 냄새 같기도 하다.

장미는 아름답다.

그리고 향기 또한 그 자태만큼이나 우아하다.

샤넬 파이브의 향수 속에 수많은 장미의 생애가 감춰져 있다.

따라서 향수란 수천만 송이 장미의 죽음의 냄새일 수도 있다.

백합은 여름밤을 향기로 문을 연다.

짙은 향기는 가까이 갈수록 향 멀미가 난다.

향기도 꽃의 생긴 모양대로 각양각색이다.

하얀 치자꽃에서는 약향藥香이 난다.

그리고 그 향기는 영혼 깊숙이 파고든다.

당귀의 약향 역시 영혼을 맑게 하고 강황은 매운 냄새가 나며, 백출은 독특한 기름 냄새가 나고, 호야꽃에서는 살구씨 향이 난다.

잎이 비슷하고 꽃이 비슷하면 향기도 비슷하다.

유자와 귤과 체리는 상큼하다.

찔레꽃에서는 코티 분 냄새가 난다.

해당화는 장미와 비슷하지만 장미와는 다른 바다를 향한 그리움의 냄새를 풍긴다.

물론 꽃에만 향기가 있는 것이 아니다.

풀에도 있고 나무도 향기를 내뿜는다.

언젠가 목회를 할 때 동네 사는 성도님 한 분이 매주마다 강단 꽃꽂이 봉사를 하였다. 그런데 어느 주일 꽃이 없이 나무와 풀로만 꽃꽂이를 하고 갔는데 향기가 났다.

아무리 둘러봐도 꽃은 없는데 향기가 나 한참을 찾다가 발견한 곳은 다름 아닌 참나무 새순이었다.

아니, 참나무 새순에서도 향기가 나다니!

놀라운 발견이었다. 놀라움을 지나 경이로웠다.

꽃은 예쁜데 향기가 없으면 어쩐지 공허한 느낌이 든다.

반면에 꽃은 좀 볼품이 없어도 향기가 있으면 살아 있는 듯한 느낌을 받는다.

천리향, 만리향, 야래향, 라일락, 재스민, 향수국, 천사의 나팔이 그렇다.

나무도 향기를 내뿜는다.

소나무, 잣나무, 금목서, 은목서, 편백나무, 이름마저 향기로운 향나무.

사향노루는 향낭을 차고 산야를 달리고, 바람도 향기로운 봄 냄새를 실어 나르고 연분홍 치맛자락을 날린다.

아! 봄이다.
살아 있는 것들에서는 오만가지 향기가 난다.

달빛 산책

달빛이 쏟아신다.

달빛을 맞으면 메마른 들판이 젖고, 마음이 젖고, 황량한 시간들이 촉촉하게 젖는다.

우윳빛 물결들은 밤새 고단한 것들 위로 쏟아진다.

달빛 아래서는 모든 사물들이 무거운 짐을 내려놓는다.

하루 종일 하늘을 날던 새들도 날개를 접고 안식의 밤을 맞는다. 살아 있는 모든 것들이 하루의 짐을 내려놓고 소란했던 세상으로부터 잠시 눈을 감는다.

모든 사물들은 밤이 깔아놓은 부드러운 보료 위로 고단한 몸을 누인다.

풀벌레들은 풀포기를 붙들고 소리 죽여 사랑의 연가를 부르며 계절이 지나가는 것을 아쉬워한다.

어둠이 내리는 시간을 기다려 달이 뜨고 달빛을 쏟

아내기 시작할 때면 어디선가 숲속의 정령들이 하나씩 등불을 들고 나와 축제를 벌인다.

검정 차일을 드리운 신비로운 정령들의 축제!

축제는 달빛이 사라질 때까지 계속된다.

달빛 속에서 이루어지는 축제는 흔적을 남기지 않는다.

햇빛이 밝고 환해서 모든 사물의 숨겨진 것들을 드러낸다면 달빛은 사랑스러운 손길로 모든 누추한 것들을 가려준다.

이런 이유 때문인지 사람들은 햇빛의 강렬함 못지않게 달빛의 부드러운 손길을 좋아한다.

뜨거운 태양 아래서는 오직 땀 흘리는 현실만 존재한다. 힘들고 고달프며 생존을 위한 치열한 탄소동화작용만 있기 때문이다.

십년 동안 살던 아현동에서 북아현동으로 집을 옮겼을 때는 가을이었다.

창밖에 있던 모과나무에 노란 단풍이 들어 있었다.

절반은 지고 절반은 앙상한 나뭇가지에 붙어 있었는데 이사한 후 피곤한 몸을 누이니 창문으로 달빛이 들어왔다.

그리고 그 달빛은 모과나무 가지 검은 그림자 사이

로 밤새도록 환한 빛을 쏟아내고 있었다. 한 폭의 동양화를 보는 듯한 느낌이었다.

행운이었다.

깊어가는 가을 밤!

소리 없이 들어와 방안 가득히 찰랑이는 은빛 물결을 보고 있노라면 마음에 평화가 찾아왔다.

아아, 그렇구나!

모든 생명체들은 달빛의 보이지 않는 중력을 느끼는 것일까.

달맞이꽃은 밤이 되어 비로소 꽃잎을 연다.

박도 달빛을 닮은 하얀 꽃을 피우고 야래향도, 천사의 나팔도, 선인장도, 데이지도 밤에 눈을 뜬다.

신비한 일이다.

그래서일까. 시인 이태백은 장강의 동정호에서 물에 비친 달을 잡기 위해 뛰어들다 죽었으며, 베토벤은 월광 소나타를 작곡하여 사랑하는 제자 줄리에타와 이루지 못할 사랑을 위해 헌정하였으니 바로 환상 소나타이다.

달빛과 강물의 이야기는 영화에서도 종종 등장한다.

"달빛 흐르는 넓은 강아

난 언젠가 멋지게 건너리라

오, 내 사랑 부숴 버린 당신

어딜 가든 난 따라갈게요."

「티파니에서 아침을」이란 영화에서 주연 여배우가 기타를 치며 부르는 「달빛은 강물처럼」이라는 노래이다.

달빛의 보이지 않은 이끌림 때문일까.

우리 조상들도 대부분 달의 시간표 속에서 한세상을 살았다.

따라서 시간 가는 것을 세월歲月이라 하여 달의 해로 보았고 하루하루를 보내는 것도 태양을 중심으로 한 일력으로 보지 않고 달력이라 하였으며, 그 시간표에 맞추어 월급을 받고 월세를 내고 월급쟁이가 되어 살았다.

한 달을 보내는 것도 달을 중심으로 구분하였으니 초승달, 그믐달, 보름달 등으로 구분하였고, 그것도 부족한지 동네 이름까지 월문리, 월하리, 월평리이며 도회지에는 아예 '달동네'도 있다.

또한 산 이름도 월출산이니 달을 낳는 산이란 뜻이다.

밤에 달무리가 진 것을 보고 다음날 비가 올 거라 일기예보를 점치기도 하고 여자들의 생리주기를 달거리라 표현한 것을 보면 일상생활뿐 아니라 생체 리듬까지 달과 연계시킨 듯하다.

물론 이뿐 아니라 인간의 장기를 한문으로 표기하면 달 월月 자가 들어가는데 이는 육달월이라 하여 고기의 결을 형상화한 것이라 하나 나는 다른 견해를 가지고 있다.

왜냐하면 오장육부는 고기 결과는 생긴 모양이 다르기 때문이다.

그리고 인간의 장기는 달의 영향을 받는다고 생각하기 때문이다. 그래서 밤을 지나며 병이 낫기도 하고 더 심해지기도 한다.

더 나아가 달빛과 정신과적인 문제와 상관관계도 있다고 생각하기 때문이다. 음이온을 띠는 전기가 많이 발생한 탓일까. 뇌전증을 셀레니 아제타이라고 하는데 달을 '셀레네'라고 하며 "달에게 침범된다."는 뜻을 생각한다면 이해가 되리라 본다.

조선의 화가 단원 김홍도는 깊은 밤 들어온 달빛을 보고 감정을 억누르지 못해 달빛 아래 생황을 부는 월하취생도月下吹笙圖를 그렸으니 그 정취가 더 그윽하다.

서양 사람들은 일반적으로 일광욕을 하며 햇빛을 즐긴다.

일조량이 부족한 북유럽에서는 태양이 떠오르는 때를 기해 축제를 벌이기도 하고 세상에는 태양신을 섬기는 나라도 있으며 태양의 아들이라 자칭하는 자들도 있다.

그러나 우리나라 사람들은 누가 뭐라든 햇빛 쪽보다는 달빛 쪽에 감성의 무게를 두고 있다.

그뿐 아니라 일년 중 가장 큰 민속 명절인 설과 추석도 알고 보면 달을 기준으로 하고 있으니 더 무슨 말이 필요한가.

알 수 없는 일이다.

호, 불호에 꼭 이유가 있는 것은 아니기 때문이다.

부드럽고 사랑스럽게 안식의 보료를 펴는 달빛!

태양이 주는 강렬한 이미지가 아버지라면 달빛은 어머니다.

사람들은 아버지의 강함과 위대함도 좋아하지만 어머니의 부드럽고 사랑스러운 손길도 결코 잊지 못할 것이다.

망각의 강가에서

삶과 죽음은 하나에 두 모습이다.

심장이 멈추고 4분, 호흡이 멈추고 10분, 출혈이 된 지 1시간, 혈관이 막힌 지 2시간은 바로 존재가 비존재로 바뀌는 시간이다.

생각해보면 충격이다.

그러나 우리는 그 소리를 들을 때만 긴장할 뿐 사람이 그렇게 쉽게 죽지는 않을 거란 생각을 하면서 살아간다.

무엇이 생명보다 소중한가.

무엇으로 생명과 바꿀 수 있으며 무엇을 생명과 비교할 수 있는가.

사실 어리석은 질문이다.

무엇으로도 바꿀 수 없다는 것은 이미 알기 때문이다.

그러나 유감스럽게도 사람들은 이 어리석은 질문의 해답을 알면서도 바꾸거나 비교하거나 더 소중하지 않은 것을 좇을 때가 많다.

때때로 우리는 길을 가다 구급차의 요란한 경적소리와 만날 때가 있다.

앞서 달리던 차들은 길을 비켜주고 행인들은 불안한 눈으로 주시하며 긴장할 때가 많다.

그리고 각자 나름대로 한 생명이 긴박하게 분초를 다투며 꺼져갈지도 모른다고 생각을 하기도 한다. 그러나 그것도 잠시, 얼마 가지 않아서 긴장은 이내 풀어지고 바쁘게 제 갈 길을 찾아 인파 속으로 묻혀 사라지고 만다.

가까운 지인이나 친지들의 부음을 들을 때도 있다.

그럴 때마다 우리들은 다시 긴장한다.

그리고 이번에는 좀 더 가까이 다가온 충격적인 사실에 놀라워하며 슬픔을 표시하기도 한다. 그리고 새삼스럽게 지나간 세월을 반추해 보기도 하며 인생의 덧없음과 허무함 앞에 속수무책인 나약한 자신을 발견하기도 한다.

그러나 정도의 차이만 있을 뿐 그것도 잠시, 시간이 지나면 언제 그랬냐는 듯 일상 속으로 빠르게 빠져들어간다.

사람의 의식구조란 원래 그렇게 된 것일까.

이삿짐을 옮길 때마다 너무 버려야 할 것들을 버리지 못하고 살아온 것을 깨닫는다.

아무 쓸모 없는 것들을 붙들고 있었던 지난 시간들을 생각하기도 한다.

그러나 대충 정리가 끝나고 일상이 회복되면 언제 그랬냐는 듯 나시 붙늘고 살아간다.

요즘은 평균 수명이 늘어나 장수의 복을 누리기는 하나 반대급부로 온갖 질병에 시달리면서 살아가고 있다.

그런데 그 질병의 선봉에 선 것이 치매다.

고통을 느끼는 것도 아니고 거동이 불편한 것도 아닌데 인간 존엄성을 철저히 유린당하는 시간과 마주해야 한다.

지난 시간들은 모두 지워버리고 백지 위에 서서 어린아이가 되어가는 회귀의 시간!

생성되고 소멸되어가는 과정을 다시 되짚어가는 고단한 시간여행이 기다리고 있다.

삶의 끝자락에서 배우는 전적 무능의 경지!

모든 세상의 인연의 줄을 잘라내고 정 떼기를 시작

하는 기상천외한 퍼포먼스요 자기 자신을 버리고 방황
해야 하는 마지막 과제에 부딪히게 된다.

스스로 해결하지 못하므로 보이지 않는 힘에 의하여
해결해야 할 시간인 셈이다.

남을 미워한 것도 버리고, 불평하거나 원망한 것도
버린다.

욕심을 부리거나, 원수 맺고 평생 풀지 못했던 것도
풀어야 한다.

그 무거운 짐을 지고 하늘나라에 갈 수 없으므로 다
버려야 한다. 계급이나 직책도 버려야 한다.

학문도 버리고 영화롭던 명예나 권세도 버린다.

그렇게 소중했던 물질도 가치 없음을 깨닫는다.

그 밖에 소유하고 얽매였던 모든 기억을 버린다.

그리고 마침내 무욕의 경지에 이르는 과정이다.

내가 알고 있는 성도님 한 분은 항상 외출할 때 무거
운 가방을 들고 다녔다.

언젠가 한 번 가방에 무엇이 들었는지 물어봤더니
놀랍게도 자식들이 어렸을 때 받았던 돌반지며 목걸
이, 팔찌, 그리고 행운의 열쇠 등이라고 대답을 했다.

그러니까 귀금속을 몽땅 들고 다닌 것이었다.

나는 깜짝 놀랐다.

그래서 집에 두고 다니지 왜 가지고 다니느냐 했더니 집에 두면 도둑이 들어올까 봐 걱정된다는 것이었다.

그렇게 가지고 다니다 만약에 버스나 전철에 놓고 내리면 어떻게 하려고 하느냐 했더니 그는 한마디로 그런 일은 없을 거라며 유쾌하게 웃었다.

그 후 오랜 시산이 흘렀다.

그가 치매에 걸렸단 이야기를 듣고 그 집을 방문하였다.

그런데 애지중지하던 그 가방이 보이질 않았다. 그래서 그 가방이 어디 있느냐 물었더니 그는 너무나 태연하게 "모른다."고 대답했다.

물론 그로 인한 염려도 없었고 찾겠다는 생각도 없었다. 마치 남의 말을 하듯 철저히 객관적이었다. 그의 표정은 어린아이처럼 천진하고 평화로웠다.

그는 이미 이 세상 무거운 짐으로부터 해방되어 있었던 것이다.

망각의 선물!

그렇게 그는 레테강을 건너고 있는 중이었다.

한편으로는 안타깝기도 하고 불쌍한 마음이 들기도

했다.

　그러나 다른 한편으로는 때가 되면 원하든 원치 않든 무욕의 경지에 이를 수 있다는 생각이 스치고 지나갔다.

가장 무서운 병

무엇이 가장 무서운 실병인가.

현대인들은 암이 가장 무섭다고들 생각한다.

고칠 수 없는 불치의 병이라는 선입견 때문일까. 암에 걸렸다고 하면 우선 사람들은 절망부터 하고 본다. 마치 사형선고를 받은 사람처럼 실의에 빠지고 울고 탄식한다. 그리고 왜 하필이면 나냐고 스스로 반문하기도 하고 항변하기도 한다.

그런데 요즘 들어서는 가장 무서운 병의 자리가 슬그머니 심장병으로 변경되었다.

조금 인식이 바뀐 것이다.

암은 죽음을 마주하는 순간까지는 어느 정도 시간적인 여유가 있다.

자녀들을 불러 모은 후 유언을 남길 수도 있고, 주변을 어느 정도 정리할 수 있으며, 좀 더 시간적인 여유가 있다면 이 세상에서 마지막 이별 여행이라도 다녀올 수 있기 때문이다.

거기다가 신약도 개발되고 완치 확률도 점점 더 높아지고 있는 추세니 말이다.

그러나 심장질환은 불시에 찾아와 말할 겨를도 없이 순식간에 목숨을 앗아가니 공포 그 자체인 것이다.

빠르면 불과 몇 분 안에 또는 몇 시간 안에 세상을 떠나게 되거나 불구가 되기 때문이다. 그것도 말 한마디 남기지 못하고 떠나니 심장병 환자에게는 유언이고 준비고 뭐고 할 것 없이 다 사치스러운 것에 불과하다.

다행히 목숨을 건진다 해도 식물인간으로서 연명만할 뿐 사람 구실은 애초부터 불가능하니 두려울 수밖에.

그래서 요즘은 심장 질환에 대하여 유난스럽게 관심을 가지고 떠들어댄다.

그런데 고령화 사회에서 혜성과 같이 등장한 또 다른 질병이 있으니 치매다.

그리고 입 달린 사람들은 다 한마디씩 한다.

다 걸려도 치매는 걸리지 말아야 한다고.

누가 걸리고 싶어서 걸리는 것은 아니지만 그만큼 치매는 인간성을 상실케 하고 온갖 비극적인 상황을 만들고 겪게 하는데, 사실 본인도 본인이지만 주위 사람들을 더 고통스럽게 하기도 한다.

아무것도 기억하지 못하고, 아무것도 분별하지 못하며, 어떤 참담한 상황도 인지하지 못한 채 단지 동물처럼 연명만 하고 있게 되니 말이다.

따라서 아내는 남편을 소 닭 보듯 하고, 반대로 남편이 치매일 경우 아내를 생면부지의 낯선 사람을 대하듯 하는 넋값만 일들이 벌어지게 된다. 물론 자식이나, 친척이나, 이웃의 관계에 대해서도 예외는 없다. 더 나아가 집을 나가면 길을 잃어 아예 차꼬에 채이거나 사슬에 묶이기도 하고 창살 없는 감옥에 갇히지만 비극을 알지 못하는 비극을 연출하게 된다.

이런 이유로 치매는 본인도 본인이지만 주변 사람들을 더 슬프게 한다.

동물적인 연명만을 강요당하는 생존, 치매는 그런 모욕적인 시간을 인간에게 가져다준다.

물론 요즘은 옛날과 달리 산속에 산채로 버려져 굶어 죽거나, 짐승에게 잡혀 먹히는 고려장의 비극은 없어졌지만 수를 헤아릴 수 없이 늘어난 요양 시설에서는 인간 생존의 처절한 마지막 밑그림이 기다리고 있다.

나도 언젠가는 저런 상황을 만나게 될 것이라는 끔

찍한 상상만으로도 치매는 불후의 질병 1위 자리를 고수할 수 있는 것이다.

오죽했으면 『설국』의 작가 가와바타 야스나리는 늙어서 누추한 모습을 보여주기 싫다며 가스 파이프를 물고 마지막을 선택했으며, 어니스트 헤밍웨이는 비둘기 사냥총을 머리에 대고 상오의 죽음(?)을 선택했겠는가.

그런 측면에서 생각하면, 이전까지는 길가에서 손수레를 끌며 박스 종이를 싣고 가는 노인들을 보면 불쌍하거나 측은해 보였지만 요즈음은 대단해 보이기도 하고 당당하다는 생각이 들기도 한다.

그래도 늙어서 요양병원 신세지지 않고 제 발로 걸어다니며 수레를 끌고 폐지를 수거할 만큼 건강을 유지하니 새삼스럽게 감탄사가 나올 법한 일이다.

그러나 그것도 잠깐, 사람들은 넘어지지 않아야 한다고 말한다. 그리고 넘어지는 것은 암보다도 더 무섭다고들 말한다.

늙어서 넘어지면 대부분 뼈가 부러지고 뼈가 부러지면 붙기까지 각고의 시간을 보내야 하는데 운동을 하지 않으면 점점 심장의 기능이 떨어져 죽음에 이르게 된다고 말한다.

따라서 겨울에는 빙판길을 조심해야 하며 낙상은 죽음에 이르는 길이라고 생각하기도 한다.

그리고 암은 완치율이 있지만 낙상은 완치가 어렵다고 덧붙이기도 한다.

그래서인지 주변을 살펴보면 넘어져 생을 마감한 사람들이 의외로 많다.

참으로 공포스러운 일이다.

그런데 며칠 진 시하설을 타고 가는데 옆자리에 앉은 두 노인의 도란거리는 말소리가 들렸다.

가만히 들어보니 두 사람 사이가 부부는 아닌 것 같은데 허물없는 이웃사촌쯤 되는 듯하였다. 먼저 남자가 말했다.

"세월이 어찌나 빠르던지…." 오랜만에 만난 듯했다.

"글쎄요." 여자가 대답했다.

"아무개도 죽고, 아무개는 생사를 모르고, 또 누구는 요양병원에 있고…." 남자의 말끝에 여자가 말했다.

"세상에 제일 무서운 병이 무엇인 줄 아세요?" 남자가 채 대답도 하기 전에 바로 말을 이었다.

"나이예요, 나이!"

"……."

"언제 내가 이렇게 나이를 먹었는지 몰라, 소리도 없

이…."

여자는 혼잣말처럼 중얼거리고 있었다.

남자는 충격을 받은 듯 아무 말도 하지 않고 있었다.

순간, 그들의 말을 듣던 나도 귀가 번쩍하였다.

나이가 제일 무서운 병이라는 말은 뜻밖이라고 생각되었다.

그러나 곰곰이 생각해 보니 그 말의 의미가 깊었다.

그렇다!

나이란 그 자체로는 단지 시간의 흐름일 뿐이지만 결국, 아픔도, 질병도, 고통스러움도, 죽음도 나이를 따라오는 것이니 세상에 나이를 이길 장사가 어디 있으랴.

이쯤 되고 보면 세상에 떠도는 온갖 질병이 다 무섭지만 사실, 그 질병을 끌고 오는 나이가 제일 무섭다는 사실을 아무도 부인할 수 없으리라.

바리새인의 비극

교만은 자신을 망각할 때 시작된다.

자신의 연약함을 망각할 때,

자신의 무능함을 망각할 때,

자기의 어리석음을 망각할 때,

그래서 잃기는 쉽고 찾기는 어려운 자기 상실이다.

자기를 분실한 자들은 자기가 산 것이 아니라 자기를 습득한 새로운 주인인 마귀에게 매이게 된다.

그리고 자신의 분실 사실마저 알지 못한다.

분별 기능이 마비되었기 때문이다.

마치 독사의 독이 신경을 마비시켜 죽음에 이르게 하듯 정신을 흐리게 한다.

교만은 제 위치를 떠남으로 시작된다.

식물은 발이 없어 떠나지 못하고 주인이 한 번 정해 준 자리를 지키지만 인간의 비극은 이동할 수 있는 자유가 있어 문제다.

가서는 안 될 장소를 가게 되고,

해서는 안 될 일인 줄 알면서도 잘못을 범한다.

교만은 스스로에 대한 배신이며 삶의 의미를 모르는 자의 무지한 도전이다.

인간은 무한 자유를 원하지만 무한한 자유는 절제가 동반될 때 비로소 향유할 수 있는 선물이다.

자유는 방종을 불러오고, 방종은 육신의 소욕을 불러오고, 소욕은 무절제를 불러온다. 덫에 걸린 사람의 대부분은 자신이 놓은 덫에 걸린다.

인간은 항상 덫과 열쇠를 함께 지니고 살아간다.

교만은 스스로 높아지려고 하는 자의 외식外飾이고 현시욕顯示慾이다.

선악과를 따 먹은 것도 무절제다.

다윗의 인구조사도, 제자리를 지키지 아니한 천사도 절제하지 못한 때문이다.

육신의 정욕, 안목의 정욕, 이생의 자랑이라는 덫은 다 바람의 유혹이다.

바람은 불되 형체가 없으니 자신도 모르는 사이에 손가락 사이로 빠져나간다.

교만은 겨울바람과 같아서 들어올 때는 바늘구멍으

로 황소처럼 들어오지만 나갈 때는 완강히 거부하다 이내 종적을 감춘다.

그래서 교만은 내복처럼 입을 때 맨 먼저 입고 벗을 때 맨 나중 벗는다고 사람들은 말한다.

모든 죄가 십자가를 보고 도망가지만 교만은 십자가에 대드는 죄다.

나는 너보다 낫다는 생각,

너는 니보나 너 우월하다는 생각,

나는 너와 같지 않다는 생각에 허우적대는 정신과적 질병이다.

이 질병은 백신도 없고 치료약도 없다.

오직 자신의 육이 죽어야 해방될 수 있다.

교만은 깨달을 때까지 난치병이 될 수 있고, 깨닫지 못할 때 불치병에 이를 수도 있다.

자신의 감염 여부조차도 알지 못한 채 살아가는 바이러스의 중간 숙주의 불행은 때와 장소를 가리지 않는다.

누구든지 좌로나 우로나 부딪칠 것이 많은 사람은 자신이 감염되어 있다는 증거다.

바리새인들의 비극은 마귀의 감염으로부터 시작된 것이다.

바리새인들이 왜 나쁜가,라고 항변하는 사람들이 있다.

십일조를 바치고, 일주일에 두 번 금식하며, 주일을 성수하는 것이 어디 쉬운 일인가,라고 말하기도 한다.

바리새인을 두둔하는 자가 곧 바리새인이다.

우리만 선택받았다는 선민의식과,

나는 저 죄인들과 세리와 같지 않다는 차별의식과,

때만 되면 돌림병 같은 지역적 우월주의가 만연하고 있다.

편 가르기의 환각에 빠져 있는 풍수도참설의 황당무계한 잡설들이 코로나 바이러스가 빠져나간 빈자리를 다시 채우고 있다.

상석에 앉는 것을 좋아하고,

저잣거리에서 문안받는 것을 좋아하고,

소매의 술이 길고 아름다운 옷을 입고,

멸망의 가증한 것들이 거룩한 곳에 서기를 즐기고 있다.

강단이 정치 선전장이 되며 변질된 자기 생각이 전능자의 뜻으로 둔갑하고 욕설과 군가와 비방과 유행가 가락이 거룩한 곳을 점령하고 있다.

개종자改宗者들이다.

마귀가 문제가 아니라 마귀에 동조하는 자들이 문제다.

따라서 제단에서 피워 올리는 향은 신의 밥이고 무지한 추종자들이 치는 박수소리는 마귀의 밥이다.

모든 법조문은 사문화되었다.

출신 지역에 따라 판결이 다르고 기울어진 저울추처럼 정실에 치우쳐 외식의 말만 무성할 뿐 겸손의 모양은 없다.

공평이 상실될 때 아이티 산업은 발전할 것이다.

인간을 신뢰할 수 없기 때문이다.

만민이 법 앞에 평등한 세상은 알파고 판관이 올 때 이루어질 것인가.

아니면 신 바리새주의자들이 모두 멸망할 때 이루어질 것인가.

욕辱

욕의 본질은 거짓이요 거짓은 마귀의 말이다.

따라서 상대나 제삼자를 거짓 실체와 동일시하거나 악한 말로 폄하함으로써 자신의 마음에 쌓인 미움과 응어리를 쏟아내는 배설 행위다.

여기에 비해 비속어란 은근히 상대를 낮추어 멸시하는 속된 언어다. 이런 언어일수록 숨겨진 뜻이 악하고 교만이 바탕에 깔려 있다.

우리 민족은 산악 민족인데다 사계절이 뚜렷해서 그런지 선한 사람도 많지만 모진 사람도 많다.

모진 사람들은 주로 모진 말을 한다.

그래서 자신의 감정을 강하게 표출시키는데 마지막 끝자락에 비속어 어미를 붙이는 경우가 많다.

~놈이나 ~꾼, 그리고 ~새끼 등이 이에 해당한다.

그래서 도둑놈, 나쁜 놈,이라든지 사기꾼, 노름꾼, 호

객꾼 등으로 주로 나쁜 일을 전문적으로 행하는 사람을 의미한다.

그런데 그 뒤에 ~새끼를 붙이면 본래의 의미보다 더 강한 뜻을 나타내는데 예를 들면 사기꾼보다 사기꾼 새끼, 나쁜 놈보다는 나쁜 놈 새끼, 빌어먹을 놈의 새끼 등이다.

그런데 나쁜 뜻만 있는 것은 아니다. 할머니가 손자에게 "내 새끼." 하면 지극한 사랑과 애정을 표현하는 말이 되고, "돈이 새끼를 친다."고 말하면 재물이 불어난다는 은유적 표현일 뿐 나쁜 뜻이 아니다.

우리말이 지니고 있는 미묘한 느낌의 차이다.

강아지에게 강아지라고 하면 욕이 아니다. 그러나 개새끼라고 하면 욕으로 들린다.

이럴 경우에도 역시 할머니가 손자에게 강아지라고 하면 정겨운 사랑을 표현하는 말로 탈바꿈한다.

그러나 부모가 허랑방탕하는 자식에게 "개새끼."라고 한다면 자신에게 욕을 하는 꼴이 된다.

모든 짐승들은 어미와 새끼로 구분한다.

그러나 쥐는 예외이다.

어미나 새끼 할 것 없이 모두 쥐새끼다. 왜 그러는 것일까.

그리고 쥐새끼 뒤에다 "~ 같은 놈." 하고 놈 자를 붙
이면 사람에게 하는 욕이 된다. 약삭빠르고 음지에 다
니며 나쁜 일을 도모하는 사람이라는 뜻이다.

이왕 나왔으니 말이지만 놈 자도 "그 놈 참 귀엽다."
할 땐 좋은 의미고,

"망할 놈의 세상." 할 땐 원망 섞인 저주로 들리지만,

"호시탐탐 우리를 노리는 놈들." 할 때는 적을 의미
하는 등 언어의 효용과 느낌이 상황에 따라 다르다.

욕이 나쁜 마음에서 출발하지만 습관적일 경우도 있
다.

얼마 전에 외손녀가 왔다.

말수가 적지만 영민하고 귀여워 '강아지'라고 했더
니 단번에 "나 강아지 아닌데."라고 말해 적잖게 당황
한 일이 있다.

제 집에서 개를 기르기 때문에 낱말의 본뜻으로만
이해하고 있는 듯했다.

사람들의 언어습관이라는 것은 욕 아닌 것을 욕으로
만들기도 하고 욕을 욕으로 여기지 않는다는 것도 보
여준 셈이다.

세상이 불평등하고 부조리가 많으면 욕이 많아진다.

차별받고 억울한 일을 당한 사람이 많은 사회는 욕

이 넘친다.

물론 하등의 욕할 이유가 없음에도 불구하고 습관적으로 욕을 한다면 세상의 잘못이 아니라 몸에 병이 들었거나 인간 자체에 하자가 있다는 증거다.

억압 속에서는 비속어가 많아지고, 통제되고 폐쇄된 사회에서는 유언비어가 횡행한다.

욕으로 앙갚음하는 백성들이 많은 사회는 부조리하고 불평등한 사회나.

욕을 먹은 사람은 반드시 욕을 쏟아낸다.

그러나 축복을 받은 사람은 반드시 축복으로 되갚는다.

어느 쪽이든 찻잔 속의 태풍으로 끝나지는 않는다.

욕은 먹는다고 말하고 욕을 먹으면 오래 산다고 하는데 사실 여부는 알 수 없는 일이다.

의복이 더러워지면 세탁을 하고 몸이 더러워지면 목욕을 하면서 왜 사람들은 입이 더러워지는데 세탁할 생각을 하지 않는 것일까.

말을 한 번 바꾸면 안 되는 것인가.

미국을 방문 중 대통령이 비속어를 사용했다고 온 나라가 시끄럽다.

그러나 대통령 당사자는 안했다고 하고 매스컴에서

는 했다고 하는데 알 수 없는 일이다.

안 보는 데서는 나라님에게도 욕을 한다는데 우매한 중생들과 임금이 하는 말의 격은 달라야 한다고 생각하는지 소란은 당분간 이어질 것 같다.

겨울 개나리

개나리가 피었나.

한겨울 양지 바른 산 중턱에 개나리가 피어 약수터를 찾는 사람들에게 웃음을 선사하고 있다.

신기하다는 듯 사람들이 사진을 찍기도 하고 가까이 가서 냄새를 맡아보기도 한다. 겨울이지만 며칠 동안 날씨가 따뜻해지자 봄이 온 줄 알고 꽃을 피운 것이다.

사람이 볼 때 춘화현상인데 개나리로서는 잠시 착각한 셈이다.

흔히 크리스마스 트리라고 불리는 포인세티아도 빨간 꽃을 피게 하려면 여름부터 햇빛을 차단해 주어야 한다.

검정 비닐이나 차광막으로 오후 일찍 가려주고 아침에는 늦게 벗겨주어 일조량을 줄여주면 겨울이 가까이 오고 있다고 생각을 하게 되고 따라서 파란 잎들을 붉은색으로 바꾸게 되는 것이다.

물론 그대로 두고 무작정 기다리기만 한다면 제때에 꽃을 기대할 수 없는 것은 자명한 일이지만.

식물을 착각하도록 유도한 것이다.

어디 이뿐인가. 사막의 신기루도 알고 보면 밀도가 다른 공기층에서 빛이 굴절하여 생긴 착각이요,

우리가 흔히 접하는 마술도 고정관념을 깨트린 착각을 이용한 것뿐이다.

비행 중 비행사들은 때로는 공간적 방향 감각을 상실하여 바다를 하늘로 착각하여 사고를 일으키는 것도 그렇거니와 콩으로 고기를 만드는 것도 미각을 잠시 속이는 것에 불과하다.

태양이 뜨고 지는 것도 마찬가지.

사실은 지구의 자전과 공전 현상인데 태양이 뜨고 진다고 착각할 뿐이다.

시각의 경우도 마찬가지니 눈으로 사물을 보고 인지하는 것이 아니라 눈은 밖으로 돌출된 도구일 뿐 뇌에서 판단하여 읽는 것이니 사실 눈이란 뇌와 연결된 렌즈에 불과하다.

지난주에는 집사람과 같이 병원에 갈 일이 있어 병원에서 진료를 마치고 지하 휴게실에 앉아 벽면 가득

히 쏟아지는 폭포를 망연자실 바라보다가 돌아왔다.

　컴퓨터 그래픽으로 연출한 장관이었고 잠시 동안 나의 뇌는 황홀경에 빠져 있었다. 다 알면서도 속아준 몸의 즐거운 한때였다.

　벌써 오랜 이야기지만 어느 행가 성도의 가정에 심방을 갔을 때 불신자였던 70대쯤 되어 보이는 성도의 남편이 갑자기 비명을 지르며 뒤로 졸도하는 것을 목격하였다. 그는 두려움과 공포에 온몸을 부들부들 떨면서 허공의 한 지점을 손가락으로 가리키며 소리를 질러댔다.

　물론 그곳에는 아무것도 없었다.

　공포로 허우적대던 시간이 지나고 한참만에 그가 정신을 차리고 눈을 떴을 때 왜 그랬는가 물어보았다.

　그랬더니 그는 말하길 "흰옷을 입은 여자들이 떼를 지어 몰려오는 바람에 도망하였을 뿐."이라고 말했다.

　물론 당시 나를 비롯해 그 장소에 함께 있던 사람들도 대단히 혼란스러웠었다.

　섬망譫妄이라고 생각되었다.

　의식의 혼탁으로 인한 착각인 셈이다.

　그렇다. 현상계를 실제와 다르게 느끼는 잘못된 인지인데 사람이 살아가면서 본질을 보지 못한 채 눈에 보이는 현상만 바라보다 떠나게 되는 것은 아닌가 생각된다.

어디 착각하는 것이 한겨울에 핀 개나리뿐이겠는가.

사람이나 짐승이나 할 것 없이 잠시 미망迷妄에 빠져 헤매고 있을 뿐이다.

길을 잃은 사람들

살아가면서 길을 잃을 때가 있다.

날마다 정해진 길을 가는 사람들은 변화를 꿈꾸고 자유를 갈망하지만 막상 자유를 얻었을 때는 두려움과 당혹감으로 길을 잃을 때가 많다.

한 번도 가보지 못한 길을 간다는 것은 얼마나 가슴 설레는 일인가.

그러나 그 길은 미지의 세계에 대한 두려움과 만나는 일이기도 하다.

십여 년 전에 필리핀의 피나투보 화산에 간 일이 있었다.

원주민인 아에타족의 선교를 목적으로 가는 길이었다.

앙헬레스를 떠난 지 두어 시간쯤 되었을까. 사탕수수밭과 뜨거운 태양으로 일렁이는 들판을 지나 작은 마을에 도착하게 되었다. 거기서 우리 일행은 산악용 트레킹 차로 갈아타고 출발했다.

벼가 자라는 들판과 방죽에서 멱을 감는 동네 아이들의 떠드는 소리와 부겐빌리아 붉은 꽃들이 흐드러지게 피어 있는 평화로운 마을을 지나 한참을 달렸다.

그리고 우리는 산 초입에 있는 군인들의 초소에 당도하게 되었다.

총을 멘 군인들이 올라와 검문을 하였다.

필리핀 공군이 사격 연습을 하는 날이라며 기다리라고 하였다.

한식경을 기다리던 끝에 드디어 출발 허락을 받게 되었다.

그런데 일행은 얼마 가지 못해 낯선 풍경을 만나게 되었다.

앞장서 가던 길이 사라지고 갑자기 시커먼 화산재로 뒤덮인 벌판을 만나게 되었기 때문이다.

벌판은 온통 화산재로 뒤덮여 있었고 어디서부터 흘러내리는지도 모르는 물이 들판 가득 흐르고 있을 뿐이었다.

모두들 당황하는 기색이 역력했다.

줄곧 떠들던 사람들도 일순 침묵했다. 긴장하고 있

는 듯했다. 아니면 어떻게 차가 가는지 호기심 어린 눈으로 창밖을 말없이 주시하고 있는 사람들도 있었다.

그러나 마음속 우려와는 달리 우리가 탄 트레킹 차는 신기하게도 이정표 하나 없는 낯선 벌판 속에서 용케도 길을 찾아가고 있었다.

신기한 일이었다.

모든 생명체들은 길을 찾는 센서를 가지고 있다.

철새가 때가 되면 생면부지의 하늘 길을 오가는 것도 사실 이 때문이고 박쥐들이 어두운 동굴이나 밤하늘을 자유로이 날 수 있는 것도 이 때문이다.

알에서 부화한 바다거북들이 본능적으로 바다를 향해서 나아가는 것도 이런 연고이고 알에서 깨어나 수천 마일의 대양을 헤엄쳐 갔다가 마지막 긴 여행을 끝낸 후 자기가 태어난 고향으로 다시 회귀하는 연어도 알고 보면 이 기능 때문이다.

어디 이뿐이랴.

꿀벌이 방향을 잡는 것도, 비둘기가 제 집을 찾아오는 것도 다 이 신기한 능력 때문임을 부인할 수 없다.

그러나 만약 이 기능에 문제가 발생했을 때는 불행하게도 조난을 당하게 되거나 무리에서 도태되거나 생을 마감하기도 한다.

더듬이가 잘린 곤충들은 갈길을 잃고 제자리를 맴돌게 되고 개도 배설을 할 때는 잠시 방향을 잃고 지구자기장의 반대 방향으로 제자리를 맴돈다.

더 나아가 산 같은 고래의 무리가 갑자기 해안으로 떠밀려와 떼죽음을 당하는 기이한 일이 벌어지기도 한다.

어디 이런 일이 짐승이나 곤충에 국한된 일인가.

인간도 마찬가지다.

눈을 가리고 길을 가게 하면 대부분의 사람들이 직진을 하지 못하고 자기를 중심으로 원을 그리며 돌게 된다.

다 미지에 대한 불안으로 자신을 떠나지 못하기 때문이다.

어두운 밤 폭설 속에서 조난당하는 사람들도 같은 이유로 길을 잃는다.

결국 낯선 길을 간다는 것은 설레는 일임이 분명하지만 인간은 길을 떠나서는 살 수 없고 살아가는 것이 길 찾기를 하고 있는 것임은 두말할 나위가 없다.

요즘 주변에 있는 분들에게서 글이 잘 써지지 않는다는 말을 종종 들을 때가 있다. 변화 없는 일상으로 정체되었는지, 아니면 일탈을 시작하였는지, 그도 저도 아니면 방향감각을 상실하였는지 알 수 없는 일이다.

모두 다 잠시 길 위에서 길을 잃고 있는 셈이다.

결자해지 結者解之

마음이 막히면 몸도 막힌다.

반대로 몸이 막히면 마음도 함께 막힌다. 이런 측면으로 보면 몸과 마음은 둘이 아니고 하나다.

마음이 막혀서 맺히면 울혈이 되고 문자 그대로 '기가 막힌' 일이 벌어지게 된다.

안이든 밖이든 소통을 해야 하는데 하지 못하면 응어리져 한이 되는 셈이다.

한이 많은 사람에게는 울화병이 있다.

욕을 해도 '울화질 놈'이라는 욕이 있고 보면 우리 민족 한의 문화는 이미 생활 속에 깊숙이 들어와 있는 셈이다.

울화란 문자를 들여다보면 화火가 맺혔다는 뜻이요 순환하지 못하고 쌓였다는 뜻이다.

불은 특성상 위로 올라가는데 막혀서 화가 뭉친 것

이라는 논리다.

우리나라 사람들 정서의 바닥에는 한이 깔려 있다. 그래서 유행가를 보면,

"한 많은 대동강아 변함없이 잘있느냐"라든지,

"한 많은 미아리 고개"라든지,

"한 많은 이 세상 야속한 님아 정을 두고 몸만 가니 눈물이 난다"는 노랫말도 있다. 아무튼 한恨이란 단어를 쉽게 접할 수 있다.

한이 되어 눈을 감지 못한다느니, 이제는 죽어도 여한이 없다느니,라는 말도 즐겨 쓴다. 물론 살면서도 원통해서 못살겠다는 표현도 있고 보면 쓰임새가 광범위하다.

어디 그뿐이랴. 한의 정서와 연관되어 가슴에 못이 박혔다느니, 대못이 박혔다느니, 하는 말도 쉽게 들을 수 있는 말이다.

더 나아가 우리나라 전통 음악인 '창'이나 '판소리'를 들어보면 서양의 밝고 경쾌한 흐름과는 사뭇 거리가 멀다.

느릿느릿하면서도 슬픔을 담은 듯한 소리인데 특별히 고수들의 장단에 맞추어 부르는 소리를 들어보면 발성법 자체가 다르다.

서양은 턱을 당기고 발성을 하고 창하는 사람들을 보면 목을 빼들고 소리를 지르는데 목에 힘줄이 솟고 갈라지고 찢어지는 듯한 소리를 낸다.

그리고 그와 함께 시뻘겋게 상기된 얼굴을 보면 묘한 생각이 든다.

긍정적으로 보면 영혼의 발성법으로 들리고 반대로 보면 울분이나 한 맺힌 응어리를 풀어내는 듯한 창법이다.

아무튼, 듣고 있으면 셈법이 복잡해진다.

도대체 무슨 한이 그렇게 많은 것일까.

그래서 귀신이 등장해도 한 맺힌 귀신이 주로 등장한다.

그것도 여자들이 주인공으로 등장한다. 그런데 서양을 대표하는 드라큘라는 남자이고, 중국의 대표주자인 강시나, 아프리카의 귀신인 좀비가 남녀 혼성팀인 것을 감안하면 우리는 좀 특이한 민족임이 분명하다.

왜 그러는 것일까.

국토분단 때문일까 아니면 끊임없이 시달려 온 외세의 핍박 때문일까.

그런데 세계 역사를 보면 강대국과 국경을 맞대고 있는 나라는 어느 나라든 압제를 당하고 시달려 온 것을 볼 수 있다.

단순히 우리네 일에 국한된 것만은 아니란 이야기다.

아메리카 인디언의 소멸의 역사가 그렇고 남미의 잉카제국이 그렇고 아프리카 흑인의 수난사는 눈물겹다.

뿐만 아니라 아시아 여러 국가들도 서구 열강에게 수탈을 당하거나 식민지로 고통을 당했고, 러시아와 국성을 맞대고 있는 나라거나 심지어는 한때 영연방국가였던 아일랜드도 800년 동안 압제를 당하였다.

그러나 이 모든 나라들보다 우리 민족은 단연 한과 울분과 눈물을 연결시키는 발상이 탁월하다.

그래서 촛불이 운다고 표현하기도 하고, 문풍지가 운다,라고 하고, 새가 운다고 표현하기도 한다.

재를 넘어도 울고 넘는 박달재요, 바위고개 언덕을 혼자 넘으며 옛 임이 그리워 눈물 나기도 하고, 날 저문 하늘에 별이 삼형제 반짝반짝 정다웁게 지내이더니 웬일인지 별 하나 보이지 않고 남은 별만 둘이서 눈물 흘리기도 한다.

이런 정서를 반영하듯 교회의 통성기도 시간이 되면 능히 측량할 수 없는 눈물바다를 이루기도 한다.

그래서일까, 한방약 중에도 맺힌 한과 울분을 풀어

주는 약이 주종을 이룬다.

막힌 기혈을 뚫고 울혈된 피를 풀어주는 약을 쓰고 부황을 뜨고 사혈을 뽑아주는 치료를 하기도 한다.

그러나 보다 본질적인 문제에 접근하기 위해서는 더이상 한의 민족이 될 것이 아니라 한을 푸는 민족이 되어야 할 것이라는 생각이 들기도 한다.

어느 시인은 말하길 바위는 스스로 제 길을 막는다 하지 않았던가.

스스로 제 길을 막고, 미래를 막고, 희망의 통로를 막아버리는 한풀이.

누가 풀어주는 것이 아니라 스스로 제 결박을 풀어야 할 것이다.

결자해지!

묶은 사람이 푼다는 뜻인데 이럴 때 쓰는 말이 아닐까.

감성후각

만물에 냄새가 있다.

익은 것과 익지 않은 것,

싱싱한 것과 부패된 것,

맛있는 것과 맛없는 것 등이 있는데, 냄새는 스스로의 정체성을 나타내는 지표다.

동물들은 이를 통하여 독초와 익초를 구분하고,

곤충들은 향기를 찾아 날아들고,

해충들은 죽었거나 부패된 곳을 찾아 소멸의 순환 과정을 돕는다.

후각이 발달한 짐승들은 이를 통하여 길을 찾고 냄새로 제 흔적을 남기고 영역을 표시하기도 한다. 더 나아가 냄새 하나로 제 새끼의 여부를 판별하기도 한다.

코끼리는 비가 내리지 않는 건기에 십리 밖 물 냄새를 맡으며, 상어는 백만분의 일로 희석한 피 냄새를 맡고 찾아오고, 멧돼지는 냄새로 먹이가 있는 곳을 알아내 섬과 섬을 건너다닌다.

단순히 후각의 기능만 놓고 본다면 인간에 비해 짐승들은 그 능력이 월등하다.

왜 그렇게 후각이 발달한 것일까.

인간이야 지혜로 살아가다 보니 눈에 보이지 않지만 상상력이나 과학적인 방법으로 살아갈 수 있다.

그러나 단순 감각기관에만 의존하여 살아가는 짐승들에게는 후각 발달이 없이는 생존이 불가능할 것이다.

눈에 보이지 않는 흙속의 풀뿌리나 나무뿌리나 숨겨진 먹잇감을 찾는 것은 생존과 직결된 문제이기 때문이다.

코끼리는 후각 수용체가 개의 2배에 달하며 인간보다 10배 더 많다.

그렇다면 인간의 후각은 퇴화된 것일까.

인간에게는 감각으로 느낄 수 없지만 감성으로 느낄 수 있는 후각이 있다.

그래서 동물들이 상상할 수 없는 것을 후각으로 맡을 수 있고, 느낄 수 있고, 표현할 수 있다.

이런 것들은 문학 작품 속에서도 등장한다.

김현승은 그의 시 「가을이 오는 달」에서

"구월에 처음 만난 네게서는 나푸타링 냄새가 난다." 고 하였고,

이효석은 수필 「낙엽을 태우면서」에서는 "갓 볶아낸 코오피 냄새가 난다."고 하였다.

이삭은 나이 많아 눈이 어두워져 자식에게 축복할 때 "내 아들의 향취는 여호와 복 주신 밭의 향취다."라고 하였나.

이런 것을 보면 인간이 맡을 수 있는 냄새는 동물과는 달리 육신의 감각능력을 초월한 것임이 분명하다.

"아침 해가 떠오를 땐 갓난아기를 목욕시킨 후 물에서 건져 올릴 때처럼 유분 냄새가 난다.

정오의 태양은 탄소동화 작용으로 진한 땀 냄새를 풍기며,

저녁노을이 탈 때는 아궁이에 밥 짓는 군불 냄새가 난다."

이는 젊은 날 써 놓은 내 수필 한 토막에 불과하지만, 정확히 말하자면 내 상상력과 결합한 냄새일 뿐 실제와는 거리가 멀다.

똑같은 냄새라도 경우에 따라 의미가 구분되는 경우도 있다.

가령 문학에서 사람 냄새가 나는 작품이라 한다면 끈끈한 인간미 내지는 밑바닥에 인간애를 풍긴다는 좋은 의미로 쓰이지만,

신앙생활을 말할 때 사람 냄새가 난다든지 인간적이라고 말한다면 믿음을 떠난 속물쯤으로 이해되기도 한다.

정반대되는 개념인 셈이다.

세상에는 유혹하는 냄새도 있고, 자신을 지키고 침입자를 완강히 거부하는 냄새도 있다.

전자는 자신을 희생하여 종족을 퍼트리기 위한 은유의 냄새요 다른 하나는 자신을 지키려는 보호 본능으로 인한 직유의 냄새다.

오래전 미국에 갔는데 냄새가 났다.

'미국 냄새'(?)였다.

나의 네 번째 시집에 수록된 시 「미국 냄새」는 그렇게 감성의 후각과 상상력을 결합해 쓴 시다.

말하자면 감성후각시인 셈이다.

그러다 보니 실제적인 냄새와 다를 뿐 아니라 세상에 나 한 사람만 느낄 수 있는 특이한 냄새라고 할 수

있다.

이상하게 미국에 가면
미국 냄새가 난다.

불어오는 바람도, 웃음도, 눈빛도
어디라고 꼭 집어 말할 수는 없지만
국방색 담뇨 냄새 같기도 하고
사막의 먼지 빛깔 같기도 한
묘한 빛깔들이 뒤엉켜
엉거주춤한 냄새를 풍긴다.

약간 달콤하면서 느끼한 것 같은
느슨해 보이지만 날카로운
버터나 마가린 아니면
야전 슬리핑백 냄새 같은 것들이 이리저리 돌아다닌다.

공항에도, 다운타운에도, 엘덴 애비뉴에도
물커피의 쌉쓸하고 거무티티한 잔해 같은 것들이
고약처럼 끈적끈적 달라붙는다.
-(중략)

미국에 가면

미국 냄새가 난다.

무어라 꼭 집어 말할 수 없지만

카키색 군복 다림질 냄새 같기도 한

오만 가지 냄새가 어울려 출렁인다.

—「미국 냄새」 일부

그 해 겨울의 추억

중학교 1학년 때였다.

나는 막내 외삼촌과 함께 겨울방학을 맞아 외가댁을 찾아가기로 하였다.

엄밀히 말해서 외가의 외가이기 때문에 외가는 아니고 외외가가 된 셈인데 전혀 계획에도 없는 일이었다.

사실 외할아버지는 일찍이 세상을 떠나셨기 때문에 나의 기억 중 외할아버지에 대한 부분은 없다.

아주 짧게 외할머니에 대한 기억만 가지고 있는데 그것도 초등학교 2학년 때까지로 기억은 한정되어 있다.

평생 전답을 팔아 예배당 다섯 곳을 세우고 소천하신 외할아버지를 대신해 가정을 꾸려 나가시기가 버거웠던 것일까.

외할머니도 오십을 넘자 할아버지의 뒤를 따라 하늘

나라로 가셨다.

그렇게 마지막 외갓집에 대한 기억은 광주 백운동교회 사택에 머물고 있다.

풍금을 치고 노래를 부르던 이모, 교회 뒤편에 붙은 상하 방에서 클라리넷을 불던 외삼촌, 그리고 길 건너 백운동 철길 너머 방죽에서 멱 감던 일, 멱 감은 후 몸에 붙은 거머리를 떼내던 일 등.

그리고 그마저도 망각 속에 묻혀 있던 시간들이었다.

그런데 갑자기 외삼촌이 방학을 맞아 영광으로 내려온 것이다.

외외가에 대한 막연한 기대와 설레임이 교차되는 초행길이었다.

그런데 가던 날이 장날이라고 영광을 떠날 때부터 하나씩 날리기 시작하던 눈발이 법성포를 지나고 서해안으로 접어들자 굵은 떡눈으로 바뀌고 말았다.

거북이처럼 엉금엉금 기어가는 듯하던 차는 이내 눈 속에 갇혀버리고 말았다.

어디가 어딘지도 모르는 곳에서 운전기사는 더 이상 갈 수 없다고 말하면서 차를 세웠다.

"제엔장, 길이 없어졌구먼!"

담배에 불을 붙이며 하늘을 바라보던 운전기사는 혼

잣말처럼 중얼거렸다.

어두워진 잿빛 하늘에서는 새까맣게 폭설 군단이 몰려오고 있었다.

세상의 모든 인연의 줄을 끊겠다는 듯, 아니면 모든 것을 정복하겠다는 듯 소리도 없이 아우성을 치며 내려오고 있었다.

산도 침묵을 했고 들도 침묵했다.

가끔씩 바람이 산얼석으로 눈발을 사방으로 날리다 사라졌다.

낯선 시골 정류장에 내린 사람들은 망연히 하늘만 바라보고 있었다.

그리고 가끔 한 사람씩 어디론가 사라지기도 하고, 또는 옷에 쌓인 눈을 탁탁 털고 정류장 안으로 들어오기도 하였다.

눈은 쉽게 그칠 것 같진 않았다.

아무도 입을 열지는 않았다.

침묵만이 무겁게 주위를 짓누르고 있었다.

오랜 시간 끝에 우리는 ―막내 외삼촌과 나― 그곳을 떠나기로 결심했다. 가방을 들고 길을 나서자 잠자코 바라만 보고 있던 사람들이 등뒤에다 대고 한마디씩 하였다.

"교흥리면 꽤 먼 곳이여."

"한 이십 리는 될 텐데….."

"학생들 조심해!"

저마다 걱정스럽다는 듯 한마디씩 거들었다. 그러나 별 방법이 없었다. 그대로 해가 지기를 기다릴 순 없었다.

밖으로 나왔다. 발목까지 눈에 빠졌다. 한 걸음 내디딜 때마다 뽀드득거리는 소리가 났다.

푸른 보리밭도, 산도, 들도, 강도 모두 웅크리고 겨울잠을 자는 짐승처럼 눈 속에 잠겨 있었다.

그렇게 시작한 출발인데 천신만고 끝에 겨우 저녁이 되어서야 눈을 뒤집어 쓴 채 외외가에 도착했다.

일찍이 딸과 사위를 앞서 보내고 적적했던 탓일까. 할아버지, 할머니는 연신 외손주가 왔다며 눈물을 훔치면서 반가워하셨다.

그렇게 외가에서 겨울 방학을 보내게 되었다.

집 주변은 사십여 호 되는 집들이 띄엄띄엄 있었고 주변은 논과 밭 그리고 마을 뒤로 작은 야산이 자리 잡고 있었다.

늘 시골 풍경이 그러하듯 약간의 무료함과 적적함이 날마다 우리를 기다리고 있었다. 그래서 아침에 일어나면 물댄 논바닥에서 미끄럼타기를 하거나 장기를 두거나 때때로 눈 덮인 산으로 달려갔다.

무조건 뛰어노는 것 자체가 즐거운 시간이었다.

그런데 어느 날 우리가 산에서 우연히 발견한 것은 눈에 찍힌 꿩의 발자국이었다.

삼촌과 나는 무엇에 이끌리듯 그 발자국을 따라가고 있었다. 따라가다 보면 마침내 꿩을 잡을 수도 있을 거란 생각이었는지도 모른다.

발자국은 점점 더 깊은 산으로 들어가고 있었다.

그렇게 하루해를 보낼 즈음 앞서가던 발자국이 별안간 끊기고 말았다.

그런데 끊긴 그 자리에는 너무나도 선명하게 붉은 핏방울이 떨어져 있었다.

선혈이었다.

하얀 눈밭에 찍힌 붉은 선혈 몇 방울!

거기서 끝이었다.

꿩은 더 이상 행선지를 우리에게 알려주질 않았다.

죽었는지 살았는지 아니면 어디론가 바람처럼 사라졌는지도 모른다고 생각했다.

풀리지 않는 의문을 남겨둔 채 집으로 돌아왔지만 돌아오는 발걸음이 허전했다.

아침이 되자 우리는 다시 또 논으로 나가 꽁꽁 언 논 바닥에서 미끄럼을 탔다.

대나무를 불에 달궈 스키를 만들기도 했고, 썰매를 타거나 쇠꼬챙이를 주워다가 발 모양대로 불에 달궈 만들어 신고 스케이트를 탔다.

미끄럼을 타다가 지치면 십여 리쯤 떨어진 면소재지인 무장리로 놀러가기도 했다.

소나무 사이로 난 황톳길을 한참 걸어가노라면 솔바람 사이로 스치고 가는 바람이 마음을 한층 스산하게 만들었다.

인적 끊긴 산길에는 먼저 간 사람의 발자국 위로 엷은 살얼음이 얼어 있었다.

겨우겨우 무장리에 도착했지만 갈 곳이 마땅치 않았다.

하릴없이 거리를 배회하거나 친척집을 찾아가 시간을 보내다 돌아왔다.

밤으론 문풍지 우는 소리가 들렸다.

바람을 타고 온 눈들이 봉창을 때리고 마루에 분패치는 소리가 들리기도 했다.

아침이 되면 마루에 쌓인 눈들을 토방으로 쓸어냈다.

호박 단추를 단 한복을 입고 정갈하게 앉아 할아버지는 때때로 먹을 갈아 붓으로 글씨를 쓰셨다.

더러는 우리에게 글씨를 써보라고 말씀하기도 하시고 붓글씨에 대한 설명도 하셨다. 그리고 어느 때는 쓴 글씨를 가지고 설립한 중학교에 가기도 하셨다.

마을 전봇대에 매달린 스피커에서는 뉴스가 나오고, 새마을 노래가 나오고, 가끔 이장 목소리도 번갈아가면서 나오기도 했다.

그 해 짧은 겨울은 그렇게 갑작스럽게 찾아왔다가 긴 여운을 남기고 사라졌다.

행복했던 시간들이었다.

그리고 그 시점으로부터 몇 년이 지난 어느 날 할아버지의 부음을 받았다.

내가 군대에 가 있을 때쯤으로 생각되었다.

나는 지금도 겨울바람과 추위에 웅크리고 있던 불안한 눈빛들을 생각한다.

눈밭에 찍힌 꿩의 핏방울과, 황톳길에 남겨진 누군지 모를 살얼음 낀 발자국과, 솔바람 소리와, 밤새 울던 문풍지 소리와, 낯선 정류장에서 눈에 갇혀 있던 사람들의 모습을 생각한다.

그리고 그것들은 지금까지 용케 내 기억의 잔해로

남아 끊임없이 시적 에너지를 공급해주고 있다.

　그래서일까, 때때로 나는 내가 꿈꾸는 문학도 사실 이런 우울하고 무료한 겨울을 배경으로 한 그림 한 조각에 지나지 않을 거란 생각을 하기도 한다.

단답형 문제

아들이 장가가던 해였다.

부동산 중개업소에서 마땅한 집이 있다는 전갈을 받고 담당 중개인과 더불어 집을 보러 가는 길이었다.

그런데 앞장서서 성큼성큼 걸어가던 중개인이 어느 골목을 지나가면서 난데없이 소리쳤다.

"어이, 여기 빨갱이 집 있네."라며 손가락으로 가리켰다.

갑작스런 그의 말에 정색을 하고 보니 그 집은 담장을 붉은색 페인트로 칠해놓은 평범한 집이었다.

중개인은 그렇게 말해놓고는 아무렇지도 않다는 듯 자신은 너털웃음을 웃으며 걸어가고 있었다.

황당한 일이었다.

사람이 싱겁게 느껴지기도 했고 경망스럽다는 생각이 들기도 했다. 남의 집 담장 색깔을 보고 순간적으로

할 수 있는 말이 고작 빨갱이 집이라니 어이가 없었다.

붉은색을 볼 때 느끼는 반사적 이상반응!

도대체 이 질병은 어디서 온 것일까.

참으로 불가사의한 일이라 생각되었다.

우리 민족은 좌우에 대한 방향감각이 유달리 예민하다.

예민하다는 것을 넘어 불치의 정신과적 질병 수준이든지 반대로 대단한 상식 수준의 현상일 수도 있다는 생각이 들 때도 있다.

좌우란 도대체 무엇인가. 좌와 우를 띄어 쓰면 방향을 나타내고, 좌파와 우파 등 '파' 자를 붙이면 정치나 이념 집단을 나타내는데 이 둘을 합치면 좌우간이나 좌우지간이라는 말로 여태껏 주장했던 것과는 전혀 다른 의미의 말로 탈바꿈하기도 한다.

따라서 부질없는 논쟁으로 시간만 허비할 때, 또는 갑론을박으로 무슨 일이 정체되어 있을 때 '그건 그렇고', '어찌 되었든 간에'라는 말로 답답한 물꼬를 트는 말쯤으로 사용되기도 한다.

그래서 '좌우지간 밥이나 먹고 하자'라든지 '좌우지간에 차나 한 잔 마시고 하자'라든지 하여 우선순위를 바꾸는 말로 바뀌기도 한다.

글자의 띄어쓰기와 붙여쓰기의 묘미가 발휘되는 순간이기도 하다.

그런데, 어느 틈엔가 분위기를 반전시키는 이 요술 램프 같은 말이 사라지고 좌와 우 그리고 좌파와 우파라는 말만 남아 전성시대가 된 것 같다.

그래서일까, 선거 때는 말할 필요도 없거니와 선거가 끝난 후에도 조용해지질 않는다. 좌와 우 또는 우와 좌가 이 나라에서는 방향이 아니라 욕이나 모함의 수단으로 둔갑한 지 오래다.

눈만 뜨면 상대를 방향으로 싸잡아 욕질을 해대고 있으니 문제다.

왜 그러는 것일까.

혹자는 말하기를 동족상쟁의 비극에 그 원인이 있다고 말하는 사람도 있다.

그러나 동족상쟁의 비극이 있는 나라가 어디 우리뿐인가.

미국도 남북전쟁이 있었고, 베트남도 우리와 비교가 되지 않을 만큼 오랜 동족상쟁의 비극이 있었다.

중국도 국공내전이 있었고, 그 밖에 캄보디아나 프랑스, 영국 할 것 없이 골육간의 전쟁이 없는 나라는 없다.

개인도 마찬가지다.

가인과 아벨을 필두로 이삭과 이스마엘, 에서와 야곱, 요셉과 그를 팔아먹은 형제들도 동족 배반의 역사를 가지고 있다.

따라서 동족상쟁의 비극을 이유로 드는 것은 설득력이 없다.

그런데도 눈만 뜨면 좌파와 우파에 대한 적개심으로 서로들 소리치고 떠들며 욕설과 모함을 해대는 등 상식을 벗어난 지 오래다.

욕으로만 세월을 보내는 사람들!

직장은 있는 사람들인지?

결혼은 했는지?

밥은 먹으며, 잠은 자는지?

처자식은 있는 사람들인지?

아니면 어디서 와서 어디로 가는 과객들인지? 참으로 신묘막측할 뿐이다.

일 년 열두 달 모함하고 떠드는 것으로만 업으로 하는 사람들!

세계는 바야흐로 이념의 굴레를 벗고 국익에 따라 원수와도 손을 잡고 공장을 세우고 무역을 하며 유무상통을 하고 있는데, 그보다 냉엄한 국제 질서 속에서 영원한 동지도 없고 영원한 적도 없다고들 하는데 우리는 아직 딴 세상에 살고 있다는 느낌뿐이다.

우리에게는 '우리의 소원은 통일'이라는 통일의 노래가 있다.

'그리운 금강산'이란 노래도 있으며 휴전선 근처에는 망배단도 있고 망향의 동산도 있다.

길 이름으로 '통일로'도 있으며 밤 새워 통일을 위하여 기도하는 사람들도 많다. 그러나 통일이 될 것 같진 않다.

장래가 보이지 않기 때문이기도 하지만 구태여 말하자면 국민성 자체가 세뇌는 잘되는 반면 감정 전환이 잘 되지 않기 때문이다.

교계에서도 예수님은 좌파인가, 아니면 우파인가 문제로 쓰잘데기 없는 논쟁에 몰두하는 마귀들이 있다.

좌파라고 말하는 이들은 예수님이 평생 가난한 자들과 병들고 소외된 자들을 돌보셨으니 인간 해방을 위한 혁명가라고 한다.

반대로 예수님은 사회구원과는 상관없는 개인구원만을 위해 세상에 오셨다 하여 보수 우파로 예수님을 규정하여 논쟁을 벌이기도 한다.

그러나 엄밀히 말하면 예수님은 좌파도 아니고 우파

도 아니고 직진파다.

이념을 만들지도 않았으며 그런 설교를 하신 일도 없다.

성경은 오직 좌우로 치우치지 말라고 말씀할 뿐이다.

이런 것들을 감안한다면 작금의 사태를 예수님과 연관시켜 말한 자들은 이단이요 성경을 제 논에 물대기식으로 푸는 바리새인임이 분명하다.

더 나아가 자기의 주장을 남에게 강요하는 듯한 글들을 매일매일 카톡이나 메일로 보내는 이 땅의 푼수들을 보면 피곤하기 그지없다.

자기의 생각이 소중하면 남의 생각도 소중하게 여기는 것이 상식 아닌가.

그런데 이 보편적인 상식의 둑이 무너져 온 나라에 범람하고 있으니 일년 내내 죽고 수몰되는 일들이 다반사로 일어나고 있다.

요한 번연의 『천로역정』을 보면 기독도가 천성을 향해 가다가 더 이상 전진하지 못하는 부분이 나온다.

이유는 앞을 가로막고 있는 사자 때문이었다.

기독도가 머뭇거리고 있을 때 천상에서 소리가 났

다.

"자세히 보아라. 그 사자의 목은 쇠사슬에 묶여 있다. 그러니 네가 앞을 보고 똑바로 나아가기만 한다면 그 관문을 통과할 수 있을 것이다."

기독도가 그 말을 듣고 보니 정말 사나운 사자의 목에는 쇠사슬이 채워져 있었다.

그는 그것을 보고 좌우로 치우치지 않고 앞으로 나아갔다.

그리고 드디어 천성에 도착한 것이다.

그리스도인의 방향은 명백히 직진이다.

벤세메스로 가는 소도 새끼들이 생각났지만 좌우로 치우치지 않고 직진했고, 바울도, 베드로도, 손양원 목사도 그리스도만 바라보고 직진했다.

원수 갚는 것을 주께 맡겼고 자기가 직접 갚지도 않았다.

더구나 무고한 자들을 예수의 이름으로 죽이지도 않았으며 핍박을 받되 핍박하지도 않았다. 따라서 이쯤 해서 오늘의 기독도들은 무엇을 하며 어디에 서 있는가 묻지 않을 수 없다.

나라의 중책을 맡을 사람들은 청문회 과정을 거친

다.

그런데 청문회를 열 때마다 나오는 단골 질문이 있다. 주관식도 아니고 사지선다형도 아니고 오직 단답형이다.

"북한이 형젭니까 적입니까?" 주관식으로 문제를 풀려고 하면 어김없이 고함소리가 들려온다. "묻는 말에만 대답하세요!"

재차 채근한다. "적입니까 아닙니까?"

물론 결과는 뻔하다. 적이라고 하면 보수팔이 수구 꼴통쯤으로 인식되기도 하고 형제라고 하면 당장 빨갱이 오명을 뒤집어쓰는 꼴이 되니 말이다.

그런 경우 대부분은 더듬거리거나 긴장하거나 어물어물하고 위기(?)를 피하는 모습을 연출하기도 한다.

도대체 왜 그러는 것일까.

무엇이 문제인가.

왜 우리의 기억은 그 부분에서만 새록새록 새로워지는 것일까.

자기 의사에 동조하지 않으면 가차없이 빨갱이가 되고 반대로 보수 수구 꼴통이 되기도 하는 이 기이한 현상은 언제까지 계속될 것인가.

단 지파 유감

　기독교 신앙이 좋으면 성경의 배경이 되는 나라도 덩달아 좋아지는 것일까.

　아니면 다른 특별한 이유라도 있는 것일까.

　이스라엘에 대한 기독교인들의 호감은 절대적이다.

　아니, 절대적인 것을 지나 신앙 그 자체와 동일시하기도 한다.

　그러나 사실, 그 내용을 알고 보면 이스라엘은 경전처럼 위대한 것도 아니고 성민도 아니다. 한마디로 이스라엘은 기독교 국가가 아니기 때문이다.

　그들은 유대교를 신봉하고 있고 아직도 메시아를 기다리고 있으며 기독교에 대해서는 배타적인 사람들이다.

　뿐만 아니라 자기들은 선민이며 그 밖의 사람들은 이방인이란 생각에는 조금도 변함이 없다. 즉, 편견을 가지고 있는 사람들인 것이다.

물론 기독교인이 한 사람도 없는 것은 아니다.

그러나 인구에 비하면 미미한 숫자에 불과하다.

반면 그 나라에서 학대를 받고 사는 팔레스타인 사람들은 기독교인이 전체 인구의 3퍼센트에 불과하지만 오히려 괄목할 만하다.

그럼에도 불구하고 이스라엘과 팔레스타인과의 전쟁이 일어나면 은근히 이스라엘 쪽으로만 마음이 기우는 기독교인들을 만나는 것은 어려운 일이 아니다.

편애를 하고 있는 셈인지 단지 무지가 빚어낸 결과인지 알 수 없는 일이다.

이스라엘은 정치체제도 우리의 기대치와는 거리가 멀다.

건국 초기에 초대 수상이었던 벤구리온이나 골다 메이어 그리고 노벨 평화상을 받은 라빈 총리에 이르기까지 사회주의 국가에서 돌아와 키부츠나 모사드 같은 집단 농장을 세운 사람들이었다.

당연히 개인 소유는 없고 공동생산과 공동분배를 하는 형태였다.

그리고 아직도 개인의 토지 소유는 금하고 있는 상황이니,

사회주의를 표방한 세속 국가인 셈이다.

물론 지금은 보수주의인 리쿠르당과 민주와 진보를 지향하는 노동당과 더불어 나라를 이끌어가고 있지만.

그러나 무엇보다도 예수 그리스도를 아직도 부정하고 있는 한 가지만 보더라도 매일 암송기계가 되어 신앙고백을 하는 우리의 입장에서 보면 탐탁지 않은 나라임이 분명하다.

그럼에도 광화문 집회를 보면 성조기와 더불어 이스라엘 국기까지 등장하는 이유는 무엇일까.

무지 때문인지, 아니면 과잉 신앙의 산물 때문인지 혼란스러운 부분들이다.

그런데 더 혼란스러운 것은 요즘 고개를 들고 있는 단 지파가 단군이란 소리이다.

도대체 무슨 근거로 이런 말을 하는 것일까.

맞으면 좋고 틀려도 은혜로 여기면 된다는 생각 때문일까.

근거도 없는 소리가 꼬리를 물고 있다.

역사란 시간의 영속성이 증명되어야 하고 공간적 보편성이 뒷받침되어야 한다.

기도하는 중에 응답받았다는 식은 곤란하다.

그리고 물론 그럴 리야 없겠지만 첫 글자가 동일한

단 자字라고 해서 생겨난 일이라면 더 큰 문제다.

그런데 근거 없는 말들이 진실인 양 떠돌고 있다.

성경에도 없는 소리를 해대고 있는 셈이다.

단이란 야곱의 12 아들 중 5번째요 빌하에게서 태어난 아들이다. 야곱은 임종 전 이 아들에 대해서 "뱀과 독사"란 예언을 하기도 하였다. 그런데 이 단이 우리 조상이요 단군이라고 주장하고 나선 것이다.

정말 그러한가.

물론 거두절미하고 말하자면 아니다. 고조선을 세운 건국 연대와 맞질 않기 때문이다.

말하자면 단의 증조부인 아브라함이 이 세상에 태어나기 167년 전 고조선은 이미 건국이 되었던 것이다.

그런데 단 지파가 고조선을 세웠다고 하니 앞뒤가 맞질 않는다.

단 지파의 단군설을 주장하는 사람들은 또 다른 근거로 BC 3000년 삼손이 죽자 단 지파가 가나안 땅을 떠나 몽고와 만주를 거쳐 대동강변에 고조선을 건국했다고도 말한다.

참 황당하다는 생각이다.

삼손이 이스라엘 사사로 등장했던 시기가 BC 1150-1100년이기 때문이다. 최소한 연대표가 맞질 않는다.

그런데 이런 문제를 인용한 것이 환단고기를 근거로 한 듯하니 탈이다.

환단고기란 1911년에 계연수가 편찬한 책으로 사실상 사학계에서는 정사로 받아들여지지 않고 있는 상태이고 보면 공신력이 없다.

신앙의 열심은 가상하나 역사적 사실을 왜곡하는 것은 기독교의 신뢰성을 떨어트리고 오류만 드러낼 뿐이기 때문이다.

물론 여기에 대해 정반대 사실을 기록한 역사서도 존재한다.

사학자 문정창은 알타이산과 바이칼 호수 주변에 살던 소호 금천씨족의 일부가 역으로 김해로 들어왔고 그리고 다른 일부는 천산산맥 남로와 북로를 통해 수메르로 들어갔다는 내용으로 아브라함의 조상이 되었다는 주장이다.

근거로 알타이산 자체가 금산이란 의미를 가지고 있고 아브라함의 아버지 데라가 금으로 전각을 만드는 자였다는 사실도 언급하고 있다.

물론 경상남도 김해 고분군에서 출토된 빗살무늬 토기와 수메르에서 출토된 빗살무늬 토기가 같으며 사람이 죽은 후 이루어지는 매장 형식이 동일하고 무덤의

형태로 적석 목각 묘임을 제시하고 있다.

그리고 8세기까지 이루어진 순장 풍습이라든지 단두 직모에 검은 머리를 가지고 있으며, 주로 통구스족이 사용하는 교착어를 사용하는 등 언어생활까지 광범위한 자료를 제시하고 있다.

보다 설득력을 가지고 있는 셈이다.

그런데 요즘 또 단군과 더불어 등장한 것이 '아리랑'에 대한 분분한 이설들이다.

그런데 이 또한 예외 없이 기독교 신앙과 연관시켜 제 논에 물대기식 해석이 이루어지고 있다.

'알'은 히브리어로 '하나님'이며 '이랑'은 영어로 '함께'라는 의미가 있으니 그 뜻이 '하나님이랑'이란 주장이다.

그러나 결론적으로 말하자면 지금 현재 바이칼 호수 주변에는 통구스족, 브리아트족, 에벤키족 등이 살고 있는데 우리와 생김새도 동일할 뿐만 아니라 에벤키족이 말하는 아리랑은 '맞이하다' 쓰리랑은 '느껴서 알다'라는 뜻으로 사용하고 있다.

또한 브리아트족에게는 「나무꾼과 선녀」와 같이 우리와 동일한 설화도 전해져 내려오고 있는데 이미 모스크바 유전학 연구소 자카로프 박사는 한국인과 브리아트인과의 혈연관계가 깊다는 것을 처음 밝혀내기도 하였다.

그들은 아직도 칠성판을 사용하고 있고, 고구려 유적지 부근에는 아리하라는 강과 아리령이란 산도 있음이 전해지고 있다.

따라서 아프리카를 떠난 현생 인류 중 한민족은 바이칼호 부근에서 그 원형이 잉태되었고 한반도와 중국 북부 그리고 유라시아로 이동했다고 보고 있다.

『한국인의 기원』이라는 책에서 의사이자 사학자인 이홍규 교수가 제시하고 있는 부분이다.

그리스도인들은 책임질 수 있는 말을 해야 한다.

더구나 주의 종 된 자들은 더 말할 필요가 없다.

도대체 출처 불명의 이야기들을 무책임하게 내뱉고 그것이 마치 기독교 전체의 입장이라도 되는 양 말하는 것은 경솔한 것인지 아니면 담대한 것인지 쉽게 납득되질 않는다.

모든 것은 성경이 바탕이 되어야 하며 억지로 풀어서는 안 된다.

떠도는 설화나 구전은 수를 헤아릴 수 없이 많기 때문이다.

우수리스크 고려인 마을 절터에서 발견된 흙으로 만

든 십자가라든지 히브리어 문자 등도 그리스도의 단성론을 주장하는 경교가 이미 당나라 시대에 실크로드를 타고 들어온 역사적 증거다.

금강산 장안사는 물론이려니와 경주에서 출토된 신라시대 유물 중 돌 십자가, 동제 십자가, 마리아 관음상, 동방박사 등도 이런 차원에서 이해해야지 단 지파가 들어온 증거로 보기 어렵다.

역시 역사적으로 연대가 맞질 않기 때문이다.

백번 양보해서 다 맞는다고 하더라도 우리 조상이 왜 하필 단 지파가 되어야 하는지 의문이다.

마지막 때 인 맞은 자 수인 144,000명 가운데 단 지파의 이름은 빠져 있기 때문이다.

그뿐 아니라 야곱이 마지막 예언을 하면서 뱀과 독사라고까지 했으며 이런 이유로 일부 학자들 사이에서는 단 지파에서 적그리스도가 나타난다고 주장하는 사람도 있는데 그들을 우리 조상으로 모실 이유도 없다.

그런데 사실 여부도 확인하지 않고 전해들은 이야기를 강단에서 또는 잡지에서 떠드는 꼴이 점입가경이다.

그렇게 육적 이스라엘이 좋다면 여태껏 우리가 영적 이스라엘이라고 외쳤던 주장은 무엇이며 누구든지 주

의 이름을 부르는 자는 구원을 얻는다는 말씀은 무엇
이란 말인가.

땅끝에서

삶의 경계는 죽음이고 죽음의 경계는 삶이다.

삶과 죽음은 날마다 조우하기도 하고 헤어지기도 한다.

삶은 태양 아래 탄소동화작용이요 죽음은 안식이다.

죽음은 자는 것이요 삶은 잠에서 일어나는 것이므로 영생과 영면은 둘이 아니요 한 가지에 두 모습이다.

살아 있는 모든 것들은 생명을 향해 나아간다.

그러나 생명의 끝은 죽음이고 죽음의 시작은 생명이다.

죽음은 항상 생명을 엿보고 생명은 죽음을 이기기 위해 살신성인을 꿈꾼다.

사과 씨에는 독이 있다. 사과뿐 아니라 살구, 앵두, 복숭아, 매실 씨에도 독이 있다. 생명을 지키기 위한 모든 열매는 방어수단을 가지고 있다.

독이 없는 씨는 강한 위산에도 살아남는 보호막을 가지고 있다.

삼천 년 동안이나 이집트 미라 손에 있던 다알리아는 꽃을 피웠고 감자가 싹을 낼 때쯤이면 새파랗게 눈을 뜬다. 경고의 눈빛을 보내는 셈이다.

살아 있는 것들은 마지막 때를 알지만 그럼에도 끊임없이 생명을 추구한다.

진흙밭에 굴러도 이승이 좋기 때문일까.

유행가란 한 시대 대중들의 마음을 담는 노랫말이다.

그런데 요즘 노랫말의 대부분을 차지하고 있는 것이 시간의 흐름에 대한 것들이다. 기대 수명은 늘어나고 좋은 세상을 만났는데 세월이 가니 아쉬워서일까.

첫째는 반항형이다.

"~팔십세에 저 세상에서 날 부르러 오거든 자존심 상해서 못 간다고 전해라.~"라는 가사가 중심이다. 가고 안 가고는 내 마음이란 뜻이다. 신에게 주권이 있는 것이 아니라 인간에게 있다는 주권재인主權在人 선언이다. 저항하는 셈이다.

두 번째는 스스로 위로하고 자위하는 모습이니,

"야야야 내 나이가 어때서~ 사랑에 나이가 있나요.-

사랑하기 딱 좋은 나인데." 나이도 밝히지 않은 사랑하기에 딱 좋은 나이란 도대체 몇 살을 말하는 것일까.

사실 젊음으로 통용되는 나이라면 그런 노래는 부를 필요도 없다.

세 번째는 장탄식형이다.

아무리 이 방법 저 방법 해봐도 세월 가는 것을 어찌할 수 없으니 포기하는 것일까.

"세월아 너는 어찌 돌아도 보지 않느냐. -고장 난 벽시계는 멈춰 섰는데 저 세월은 고장도 없네."

물론 이런 노랫말 외에도 요즘 삶은 장수가 문제가 아니라 질이 문제라고 은근히 삶의 질을 꺼내는 사람들도 있다.

그런데 이 세상의 모든 부귀영화를 누렸던 솔로몬도 해 아래서 수고하는 모든 것이 헛되다 하였는데 도대체 어떻게 살아야 질적인 삶인가도 밝혀야 할 듯하다.

요즘은 아예 마지막 시간을 준비하는 사람들도 많다.

미리 묫자리를 사놓는다든지 영정사진을 찍어놓는다든지, 수의를 마련하고, 추모공원 자리를 미리 사놓는 등이다.

일찌감치 삶을 마감하고 싶어서일까.

우리 집안에 할머니 한 분이 계셨다. 자손이 없어 혼자서 시골에 살고 계신 분이셨다. 그래서 학창시절 종종 문안 인사를 다녔다.

그런데 한번은 문안 인사를 하러 갔는데 집 대문간 한쪽 멍석을 쌓아놓은 맨 위에 시커먼 관이 놓여 있었다.

놀라운 광경이었다. 정확히 표현하자면 놀라움보다는 섬찍스러운 광경이었다고나 할까. 한동안 말을 잇지 못하고 보고만 있었더니 할머니는 나에게 이렇게 말씀하셨다.

"요즘은 저렇게 해놓으면 더 오래 산다고 해서 다 저렇게 해논 거란다."

그때서야 진의를 이해할 듯했다.

사실 할머니는 죽음을 예비하신 것이 아니라 장수를 꿈꾸고 있었던 것이다.

삶과 죽음!

롱펠로는 그의 시 「인생 예찬」에서

"슬픈 말을 말아다오 인생은 헛된 꿈이라고~

심장의 박동소리는 장송곡의 북소리와 같다."고 노래하지 않았던가.

그렇다.

삶과 죽음은 종말의 비극적 경계가 아니라 또 다른 시간의 연장선상에 있는 것이리라.

세 번째 시집인 『지상에 남은 마지막 희망』에 수록한 나의 시 「땅끝에서」는 이러한 것을 배경으로 쓴 시다.

땅끝에서

당신이 말씀하시던
전라남도 해남군 송지면 갈두리
땅끝 마을에 와보니
길고 지루했던 뭍길이 끝나고
한 오백년 살 것 같던 세상
파란만장이 눈을 감습니다.

산굽이 물굽이 돌던 세월도 지쳐서
어느덧 타는 노을은
금빛으로 아름답게 빛나는데
정들었던 사연들이 각기 손을 흔들며
목이 메입니다.

아, 땅끝은 또 다른 시간의 시작이라시던

그리운 당신 말씀 따라와 보니.

—「땅끝에서」 전문

말의 회복

　말이 같으면 동질감을 느끼고 말이 다르면 이질감을 느낀다.

　말은 한 구성 집단을 나타내는 정체성이고 다른 집단을 변별하는 차별성이며 문화의 수준을 가늠하는 척도다.

　국가가 달라도 말이 같으면 동질감을 느끼고 말이 다르면 이질감을 느낀다.

　미국과 캐나다 그리고 영국이나 호주, 뉴질랜드는 동질감을 느끼고 캐나다와 캐나다 안에 있는 퀘벡주는 이질감을 느낀다. 영어와 프랑스어로 나뉘는 말의 차이 때문이다.

　벨기에도 남북의 갈등이 심한 것은 북쪽 플랑드르 지방은 네덜란드어를 사용하고 남쪽 왈롱 지역은 프랑스어를 사용하기 때문이며, 이 같은 현상은 스페인도 마찬가지여서 수도 마드리드를 중심으로 한 카스티야 지방과 제2의 도시인 바르셀로나를 중심으로 한 카탈루냐 지방의 골 깊은 사연은 다름 아닌 역사성과 맞물린 언어의 다름에 있다.

국가가 나뉜 경우도 있다.

파키스탄과 방글라데시의 경우인데 원래 한 국가였지만 우르두어를 공용으로 쓰는 파키스탄과 벵골어를 쓰는 방글라데시로 인하여 동서로 분리된 경우이다.

말은 그만큼 중요하다.

일찍이 우리나라를 침략했던 왜구도 이런 사실을 간파하고 있었다.

그래서 그들은 무력으로 이 나라를 지배하는 것은 불가능하다고 생각했던지 무단 정치를 포기하고 문화 말살정책을 표방하였다. 그리고 먼저 우리말과 글을 없애는 만행을 자행하였다.

먼저 조선어학회를 탄압하고 한글 교육을 못하게 하였다.

우리말을 쓰고 가르치는 일을 금하고 사람 이름과 온 국토의 땅 이름까지 일본식으로 바꾸는 일을 하였으니 창씨개명과 더불어 창지개명을 단행한 것이다.

이런 이유 때문일까, 해방된 지 80년의 세월이 다 되어 가지만 아직도 우리 가운데는 그 잔재가 남아 코로나 바이러스처럼 민족혼을 병들게 하고 있다.

그런데 정작 중요한 것은 근자에 우리 사회의 말이 나뉘고 있다는 사실이다.

참과 거짓으로 대별되는 말들이 항아리에 금가듯 갈라져 각기 다른 소리를 내고 있다.

과거와는 다른 양상이다. 지난 시대에는 생존을 위한 거짓이었다면 지금은 의도적이고 뻔뻔스러운 거짓이 나라 안에 팽배하고 있는 것이다.

한 민족을 이간질시킨 자는 누구인가.

생각할수록 마귀의 소행이 분명하다. 마치 도시의 하수구를 돌아다니며 병원균의 중간숙주 노릇을 하는 시궁쥐들처럼 어둠 속에서 형체도 없이 악취를 풍기며 다니고 있으니 말이다.

말을 회복시켜야 한다.

거짓에서 참으로, 어둠에서 빛으로, 사망에서 생명으로!

이는 그리스도인의 사명이 아니겠는가.

나라가 망하여 2천 년 가까운 세월 세계 각지에 흩어져 살던 유대인들을 하나 되게 한 것은 리투아니아에서 온 이민자 벤 예후다였다.

그는 평생 잃어버린 히브리어를 되살리는 일에 전념하다 마침내 1910년 히브리어 사전 16권을 간행하였다. 말을 통일시킨 것이다.

그 일로 세계 각지에 흩어진 민족을 하나로 연결시킨 것이다.

기독교 문학이란 무엇인가.

타락한 언어를 에덴의 말로 회복시키는 일이다. 죽은 말을 되살리는 일이며 사단의 말에서 천사의 방언으로 변화시키는 일이다.

이 땅의 말을 새롭게 하자. 말을 통일시키자.

거짓으로 가득한 어둠의 세력을 몰아내고 참빛을 증거하자.

바벨탑을 쌓은 형벌로 뿔뿔이 흩어졌던 언어가 하나로 통일된 것은 오순절 마가의 다락방에 불었던 성령의 역사가 아니었던가.

신 맹모삼천지교

우리나라 사람들의 유난스러움 가운데 하나는 교육열이다.

우리가 자라던 시절에는 흔히 자녀가 세 살 때 천자문을 뗐다고 하면 대단한 영재로 동네 자랑거리가 되었고 주위의 부러움을 사기도 했다.

이런 이유로 어려서부터 듣는 이야기 가운데 하나는 한석봉과 그의 어머니가 어둠 속에서 떡 썰기와 글씨 쓰기 시합을 했다는 이야기거나,

맹자의 어머니가 맹자의 교육을 위하여 세 번이나 이사를 했다는 이야기를 전설처럼 듣고 자랐다.

그런데 자식의 교육을 위해 이사를 한 것이 맹자 어머니가 원조가 아님을 우리나라 사람들은 다 알고 있다.

사실, 이 땅의 어머니들이 지금 학군을 찾아 이사 다

니는 맹모삼천지교의 원조다.

그리고 이런 열심은 엉뚱하게도 전국 부동산 가격을 인상시키는 원인자가 되고 집값 상승의 견인차 역할을 하고 있는 단계까지 이르게 되었다.

그뿐인가.

자녀들의 조기 유학 열풍을 일으키고 가족이 헤어져 기러기 아빠가 되는 것도 서슴지 않으며, 자녀의 고액과외를 위해서는 빌딩 청소부나, 그보다 더 힘든 일이라도 마다하지 않는 것을 보면 경이롭다는 생각마저 든다.

그저 무슨 일을 시작하면 그 일만 하다 죽을 사람들처럼 하는 국민적 특성을 가지고 있는데 이것이 교육에도 그대로 반영된 셈이다.

그래서 선행학습이란 말이 나오고,

고액과외가 나오고,

족집게과외란 말이 나오고 하는 것 아닌가.

고3이 되는 아이가 있는 집은 온 식구들이 초비상이다.

자녀들이 공부하는 곳에서는 말소리도, 발소리도 조용히 해야 한다.

텔레비전 시청도 고려해야 한다.

그뿐 아니라 입시철이 되면 교회나 절이나 영험하다는 산과 골짜기는 기도하는 사람들로 만원을 이룬다.

물론 그렇다고 교육열이 나쁜 것은 아니다.

오히려 칭찬을 받아야 할 일이다.

그러나 그로 인해 파생된 일로 나라 전체가 시끄럽고 뒤숭숭했던 일이 한두 번이 아니다.

입시 지상주의가 빚은 촌극들인 셈이다.

지난 5년 동안도 사실은 그렇게 보냈다.

정부 고위인사 자녀의 부정 입시 문제로 날과 밤을 새우다 끝난 것이다.

그로 인해 계속된 지루한 재판은 당사자도, 보는 사람도 지치게 하였으니 말이다.

그러나 비단 그 한 사람뿐 아니라 유형은 많다.

부모의 도움을 받아 고교생들이 이해할 수 없는 전문적인 논문의 공동저자가 되었다든지,

부모의 도움을 받아 시험지를 미리 볼 수 있었다든지,

부정으로 쌓은 스펙으로 공기업에 취업을 했다든지! 하는 일들이다.

그러나 정말 그랬는지, 그리고 그것이 당락에 직접적인 영향을 미쳤는지 여부는 알 길이 없다.

이제는 끝났는지 말았는지도 분간이 되지 않을 만큼 시간이 흐른 것 같다.

그런데 알고 보면 여진은 지금도 진행 중이다.

그리고 심심할 때쯤 불쑥불쑥 터지곤 한다.

교육열의 마그마가 사람들 마음속에 부글부글 끓고 있으니 말이다.

더 나아가 불의 고리가 전국에 연결되어 있으니 어디서든지 터질 가능성은 항상 상존한다고 봐야 한다.

그러나 이번 지진은 너무 오래간다.

고약한 지진이다.

물론, 잘못된 것은 잘못된 것이다.

이런 일들이 사실이라면 두둔할 생각이 없다.

나는 어느 특정한 정당을 지지하는 것도 아니고, 그런 사람들과 일면식도 없는 사람이기 때문이다.

그러나 이쯤해서 우리 스스로에게 물어봐야 할 것이 있다.

전국 부동산 열풍의 진앙지를 만들고 과열 입시 경쟁으로 세상을 소란스럽게 한 것이 어느 한 개인에게만 있는가.

나에게는 없는 것인가.

더 나아가 능력이 있음에도 불구하고 스스로 하도록

자녀를 내버려둘 부모가 있는가.

　가슴에 손을 얹고 양심의 소리에 귀를 기울여야 할 것이다. 손에 든 돌멩이를 어느 한 개인에게 던질 수 있는 것인가 스스로 자문해야 할 일이다.

　그렇지 않는다면 본질적인 문제는 해결되지 않으리라 본다.

원결류사청源潔流斯淸

짐승들은 살아가면서 꼭 필요한 몇 개의 단어만 가지고 살아간다.

가금류인 닭은 불과 몇 단어로 평생 자기의 의사를 표시하며 살아간다.

예를 들면 새벽을 알리는 소리, 알을 낳았다는 소리, 그리고 병아리에게 모이가 있음을 알리는 연속적인 짧은 신호음 등이다.

그리고 흔한 일은 아니지만 솔개가 떴을 때 긴장하는 소리를 낸다든지, 알을 품고 있을 때 누군가 다가가면 역시 경계하는 소리를 내기도 하고 이를 위반하면 쪼기도 한다.

개도 마찬가지다.

집을 지킬 때, 낯선 침입자가 왔을 때 경계의 의미로 짖는다.

이에 비해 소는 과묵한 편이다.

고작 어미가 새끼를 부르거나 반대로 송아지가 어미 소를 찾을 때 부르는 소리가 있을 뿐이다. 따라서 먹이를 두고 다툴지언정 말로 인한 싸움이나 분쟁은 없다.

그들에게는 말보다 무언의 봉사와 수고만 있는 것이다.

그런데 이런 짐승들과 달리 사람들은 말이 많다.

말이 많다 보니 실수도 많고, 분쟁도 많고, 남에게 상처 주는 일도 많다.

또한 말로 인한 상처로 괴로워하다가 스스로 삶을 포기하는 일도 비일비재하다.

왜 유달리 사람은 말이 많은 것일까.

말이란 소통의 도구다.

그러나 단순히 소통의 도구로서 순기능을 가진 것만은 아니다.

오히려 소통과 반대되는 역기능적인 면이 있는 것도 사실이다.

이러다 보니 남을 모함하거나 거짓을 말하거나 상처를 주는 말로 세상을 소란케 하기도 한다.

문제는 칼로 베인 상처는 시간이 지나면 아물지만 말로 인한 상처는 시간이 가도 잘 아물지 않는다는 데 있다.

묵묵히 제 할일을 감당하는 짐승을 인간이 본받으면 안 되는 것일까.

인간이 짐승을 본받는다는 것은 자존심 상하는 일이 되는 것일까.

알 수 없는 일이다.

말은 소통의 기능도 중요하지만 사람의 인격을 나타내는 지표가 되기도 한다.

따라서 항아리는 두드려보고 잘 만들어졌는가 여부를 판단하고, 사람은 입에서 나오는 소리를 들어보아 안다는 말은 금언이다.

창조주께서 인간을 창조할 때 모든 부분에 의미를 부여했을 것이다.

귀가 둘인 것은 좌우로 치우치지 말라는 뜻이요 나쁜 소리를 듣거든 마음에 새기지 말고 한쪽 귀로 듣고 한쪽 귀로 흘리라는 것쯤으로 이해할 수 있을 것이다.

눈이 둘인 것 역시 이쪽저쪽을 잘 살펴서 세상을 조심스럽게 건너가라는 의미로 생각할 수도 있을 것이다.

그런데 유독 입은 하나다.

그 하나로 숨을 쉬어야 하고, 음식을 먹어야 하고, 노래도 불러야 하고, 말도 해야 하는 1인 4역 내지는 1인 다역의 기능을 가지고 있는 셈이다.

물론 그 밖에도 많은 기능을 가지고 있으니 과히 말은 입으로 하는 기능의 n분의 1에 불과하다.

그럼에도 불구하고 태어나서 죽을 때까지 끊임없이 떠들어대니 자기 자신도 통제가 불가능한 거대한 제방이라고나 할까.

그 제방이 시도 때도 없이 붕괴되어 많은 사람을 죽이고 온 세상에 범람하여 혼란스럽게 하기도 한다.

그래서 이사야는 웃시야 왕이 죽던 해에 입으로 지은 죄를 깨달았다고 만천하에 고백을 하였으며, 다윗은 내 입 앞에 파수꾼을 세워 달라 하였고, 야고보는 혀는 생의 바퀴를 불사르는 불이요 불의 세계라 하였으니 그만큼 심각함을 증거한 셈이다.

말이 사납고 거짓이 난무한 시대는 병든 시대요, 이를 인식하지 못하고 살아가는 시대 역시 통증을 느끼지 못하는 종말의 시대다.

더구나 계시록에 보면 말세에 개구리와 같은 세 더러운 영이 용의 입과 짐승의 입과 거짓 선지자의 입에서 나온다 하였으니 말의 타락을 끝날 한 징조로 본 것이다.

북극의 얼음이 녹는 것은 문제다.

그 가운데 숨죽이고 있던 바이러스가 되살아나는 것도 문제며 장차 섬들이 물에 잠기는 것도 문제다.

그러나 더 큰 문제는 말의 타락이다.

현대는 언어폭력이 지배하는 세상이다.

청소년들의 말이 병들어 있고, 어른들의 말은 더 심각하다.

각종 거짓과 모함이 범람하고 있다.

보이지 않는 입들이 온라인을 통해서 거대한 제방이 무너지듯 쏟아지고 있다.

비방의 물폭탄으로 사람들이 목숨을 잃고 수몰되어가고 있다. 형체도 없는 입들이 얼굴도 모르는 불특정 다수에게 휘두르는 무차별적인 언어폭력!

누에는 뽕잎을 먹고도 고운 비단실을 토해내는데 인간은 왜 향기로운 과실을 먹고도 악취를 풍기는 것일까.

도대체 어디서부터 비롯된 것인가.

무엇이 문제이며 누구에게 배운 것일까.

기성세대의 책임은 없는 것일까.

문득 연전에 영주에 있는 박영교 시인이 보내준 목은 선생의 계자손시戒子孫詩 한 구절이 생각난다.

형단영기곡 원결류사청(形端影豈曲 源潔流斯淸)

외모가 단정하니 어찌 그림자가 구부러질 것인가.

근본이 깨끗하면 흐르는 물도 깨끗하다.

의, 식, 주

의, 식, 주 문제는 어느 시대를 막론하고 인간의 본질적인 문제다.

예수님 시대에도 마찬가지.

따라서 예수님도 이 문제에 대하여 지대한 관심을 가지시고 기적을 베푸셨으니 곧 벳새다 광야 오병이어의 기적이다.

그리고 그것도 두 번이나 사천 명과 오천 명을 대상으로 보여 주셨다.

굶주린 무리들에게 먹는 문제를 해결해 주신 것이다.

뿐만 아니라 산상수훈을 통해서 구체적인 가르침까지 주셨는데 목숨이 음식보다 중하며 몸이 의복보다 중하다고 말씀하셨다.

결론은 신앙의 우선순위가 무엇인가 하는 것이었다.

그리고 이어 '의복'에 대해서 말씀하셨는데 들의 백합화를 비유로 하셨다.

수고도 하는 이 없고 길쌈도 하는 이 없어도 솔로몬의 영광으로도 입은 것이 이 꽃 하나만 못하다는 것이었다.

지당하신 말씀이다.

짐승들은 무엇을 입을까 염려하지 않는다.

세상에 태어날 때 한 벌 입고 나온 가죽옷이면 족하기 때문이다.

옷 한 벌이면 춘하추동 사계절 입고 다닌다.

평생 입고 다녀도 낡거나 해지지 않는 천연가죽옷이다.

그리고 예수님은 주거에 대해서도 언급하셨다.

그런데 이상하게도 주거에 대한 문제는 "공중의 새도 집이 있고 여우도 굴이 있지만 인자는 머리 둘 곳이 없다."고만 하셨다.

사실 짐승들의 입장에서 보면 먹는 문제가 절박하지 주택 문제는 관심 밖인지도 모른다.

인간과는 정반대되는 셈이다.

여우는 굴에서 살면 되고 공중의 새는 나무 위에 깃을 틀면 된다.

그리고 텃새는 처마 밑에서 살든 덤불 속에서 살든 하면 되기 때문이다.

정도의 차이는 있지만 대부분의 동물들의 주거 방식은 대동소이하다.

따라서 주거 문제에 대해서만큼은 걱정이 없는 셈이다.

쉽게 말해서 집이 없으면 지으면 된다는 논리다.

땅을 살 필요도 없고, 건축 자재도, 설계도면도 필요 없다.

집을 짓고 사는 데 제약이 없을 뿐 아니라 부동산 보유세도 없고 취득세도 없으며, 1가구 1주택이든 다주택이든 상관없다.

살다가 필요 없을 땐 아무 거리낌 없이 버리면 그만이다.

그렇다고 누가 빈 집을 훔쳐가는 것도 아니고 팔아먹을 사람도 없다.

사정이 이렇다 보니 부동산 투기가 없다.

맘에 안 들면 한 해 동안 비워둔 집을 새봄에 다시 찾아와 짓거나 수리하면 된다.

적어도 짐승들에 있어서 집이란 거주의 개념이지 소유의 개념이 아니란 점에 있어서는 인간과 다르다.

그런데 반대로 인간은 의, 식, 주 가운데 주택의 문제로 골머리를 앓는다.

거주의 목적이 아니라 소유의 개념으로 보기 때문이다.

욕심이 원인인 셈이다.

이런 상황에서라면 한 해에 수천 호 수만 호를 지은들 무엇 할 것인가.

그래서 인간의 주거 문제는 갈수록 심각해질 뿐 해결될 기미를 보이지 않는다.

"인자는 머리 둘 곳이 없다." 하시던 예수님은 이미 이 세상 집에 대한 애착을 버리신 지 오래건만 예수님을 따른다는 우리들은 세상 미련을 버리지 못한 채 딴청을 부리고 있다.

"죽어서 이고 지고 갈 것도 아닌데." 입으로는 그렇게 말하지만 끝을 맺지 못하고 있는 셈이다.

개똥밭에 굴러도 이승이 좋다는 생각 때문인지.

아니면 산 개가 죽은 사자보다 낫다는 것 때문인지.

그도저도 아니면 "여기가 좋사오니." 하고 초막 셋을 짓고 살자는 것인지 알 수 없는 일이다.

죄에 대한 단상

죄의 경계도 시대에 따라 달라질 때가 있었다.

자정까지는 무죄요 자정이 지나면 유죄였다.

통행금지 시간이 있었던 때의 일이다.

그러나 이 시간에 집에 있으면 무죄요 거리를 배회하면 유죄였으니 공간에 따라 죄가 결정되기도 했다.

통행하는 방향에 따라 달라질 때도 있었다.

우측통행에서 좌측통행으로 다시 좌측에서 우측통행으로 법이 바뀔 때마다 유죄에서 무죄로 다시 무죄에서 유죄로 변환된다.

걸음을 잘못 걸어도 죄가 된다.

좌측으로 비켜서면 좌파나 좌편향이 되고 우측으로 비켜서면 보수 수구 꼴통이 된다.

한 걸음 북쪽으로 가면 여태껏 서 있던 곳은 이남이 되고 한 걸음 물러서면 이남이 이북으로 뒤바뀌게 된다.

배우자가 아닌 사람과 관계를 하면 간통죄가 되었다.

그러나 합의하면 무죄다.

죄도 시류에 편승하는 것인지 아니면 시류가 죄와 영합하는지는 확실치 않다.

사람을 죽이는 것은 분명 살인죄에 해당하지만 오히려 영웅이 되기도 한다.

국가 간에 일어난 전쟁일 경우거나 공의가 실현되는 경우다.

따라서 국가에 따라 평가 기준이 상반될 때가 있다.

한 사람의 죽음을 죄인과 의인으로 나눌 때가 있다.

그럴 경우 다수가결로 결정할 공산이 크다.

진리는 소수일 경우가 허다한 것을 보면 큰 폐단이다.

거짓말도 칭송을 받는 경우가 있다.

기생 라합이 정탐꾼을 숨겨주고 자기와 자기 가족들이 살아난 경우다.

엄밀히 말하면 조국을 배신하고 동족을 사지로 내몬 이적죄에 해당한다.

그 결과 나라는 망했다.

그러나 그는 책망이나 징벌은 받지 않고 오히려 칭

송의 대상이 되었다.

역사는 주관적인 판단으로 기우는 일이 많다.

죄에도 경중輕重이 있다. 저울에 달아 결정한 것은 아니다.

느낌이 가벼운 것은 경범죄요 무거운 것은 중범죄다.

그리고 그 강도強度를 촉감으로 판단한다. 질량이 강하면 강력범죄가 될 수도 있다.

나이에 따라 죄가 되기도 하고 면죄부를 받는 경우도 있다.

촉법소년의 경우다. 알고 지은 죄든 모르고 지은 죄든 다 죄가 아닌가.

발각이 되고 안 되고에 따라서 유죄도 되고 무죄도 된다.

발각이 되더라도 판관의 판단에 의하여 유죄가 되고 무죄가 되기도 한다. 마귀가 불의한 권력과 결탁한 경우다.

마귀는 때때로 무엇과 결합하기를 좋아한다. 사주하기를 좋아하고 불의한 일을 충동질한다. 어느 편이든 그런 일을 마주할 때마다 혼란스럽다.

죄를 그리스어로 '하마르티아'라고 한다.

화살이 과녁을 빗나갔다는 뜻이다.

그 수많은 화살들은 도대체 어디로들 간 것일까.

罪죄의 한문 형상을 보면 네 가지 아닌 것이 되고, 마귀가 거짓의 그물을 놓고 있는 모습이다. 아무튼 사회적 약속을 어기면 죄가 되고 오래된 것은 죄로 여기지 않는다.

공소시효 때문이다.

그러나 양심의 법으로 공소시효는 인정되지 않는다.

절제하지 못한 것이 죄가 될 수 있다.

아담과 하와가 동산 중앙의 실과를 따 먹은 것도 음식에 대해 절제하지 못했기 때문이다.

인류 최초로 과녁을 벗어난 화살이었다.

절제하지 못한 식욕은 영혼을 병들게 한다는 진리를 말해주고 있다.

아무튼 이 무절제에 가인이 아벨을 쳐 죽인 분노도 포함된다.

분노조절 장애쯤으로 말할 수 있을 것이다.

모든 죄는 육신의 정욕, 안목의 정욕과 이생의 자랑이라는 공통점을 갖는다.

다윗이 간음죄를 범하였다.

옥상 위에서 목욕하는 여인을 바라보고 발동한 음욕

을 절제하지 못한 때문이다.

손으로 범하는 죄도 있다. 게하시나 아간의 경우다. 가서는 안 될 장소, 해서는 안 될 일도 있다. 삼손의 기방 출입도 알고 보면 절제하지 못한 탓이다.

이 죄를 위해 아사셀 염소가 등장한다.

죄는 사람이 짓고 죽음의 길은 짐승이 대신 가다니!

이해가 가지 않는 대목 중 하나다.

죄의 심판과 회복 이 셋은 함께 다닌다.

하나의 공식인 셈이다.

죽이지 않고 회복시키기 위한 하나님의 은전인 셈이다.

죄를 범한 자에게 선고유예 기간이 주어졌으니 노아의 120년이다.

그러나 기회를 살리지 못하여 홍수 심판을 받은 것은 인류의 비극이다.

소돔성은 유황불로 심판을 받았고 농담으로 여긴 롯의 사위들은 불에 타서 죽고, 롯의 처는 소금 기둥 형에 처해졌다.

뭐니 뭐니 해도 연좌제 문제는 심각한 폐단임이 분명하다.

자자대대손손 이데올로기의 덫을 씌워 구속했던 일

들이 아직도 유효한가.

집권자마다 공약으로 내세웠지만 폐기 여부는 알 수 없다.

아비의 죄를 자손에게 주어 삼사 대까지 이르게 한 것도, 내 계명을 지키는 자에게는 천대까지 은혜를 베푸는 것도 역시 동일한 연좌제다.

강력한 법으로 죄를 박멸할 수 있을까.

유감스럽게도 인류 역사상 그런 때는 없었다.

법이 강한 시대는 죄도 강했다.

마치 얼굴에 붙어사는 피부 진드기 수가 증가하면 상대적으로 천적 진드기의 수도 증가하듯 말이다.

죄와 권력이 어떤 마귀와 결탁하느냐에 따라서 연기처럼 사라지기도 하고 번개처럼 나타나기도 한다.

오래되면 생명체가 소멸되듯 죄도 소멸되는가.

아니면 한 번 죄는 영원한 죄인가.

공소시효가 있다는 것은 사단의 은전이요 천사에게는 폐단이다.

죄에는 꼭 더럽다는 수식어가 앞에 붙는다.

마귀에게도 더럽다는 수식어가 앞머리에 붙는다.

마음속에 음욕을 품기만 해도 간음죄가 된다는 법은 금과옥조지만 사문화된 지 오래다.

사람이 지키지 않으면 자동 사문화가 되는 셈이다.

미워하는 것이 바로 살인죄라는 것도 역시 마찬가지다.

멸망의 가증한 것이 거룩한 곳에 선 타락한 시대!

갈수록 죄는 천의 얼굴을 가지고 날뛰고 있다.

우리가 기다리는 것은 법복을 걸친 판관인가, 아니면 공의로 판단하실 의로운 재판장인가.

어둠 속에서

「고도를 기다리며」라는 작품이 있다.

사무엘 베케트가 쓴 희곡이다. 작가가 노벨상 수상자가 됨으로써 더 유명세를 타기도 했다.

사람들은 앞다투어 그 책을 사서 읽었다. 나도 충실한 독자의 한 사람이 되어 읽었다.

그런데 아마 그 책을 읽은 사람들은 모르긴 해도 한결같이 황당하다는 느낌을 받았을 것이다. 아니, 황당하다는 느낌을 떠나 지루하고 따분하다는 느낌마저 받았을 것이다. 그도 그럴 것이 장면은 단조롭고 구성은 빈약해서 팍팍하기 이를 데 없기 때문이다.

어느 시골, 나무 한 그루 서 있는 곳에 두 사람이 등장한다.

그리고 대화를 한다.

밑도 끝도 없이 고도를 기다리면서 한 사람이 기다

리는 것이 지루해 가겠다면 한 사람이 만류하는 내용이 반복되고 있을 뿐이었다.

만류하는 이유는 곧 고도가 올 것이기 때문에 기다리자는 것이었다.

막연한 기대감 때문이었다.

그러나 결론부터 말하자면 고도는 끝내 나타나질 않는다.

그리고 결국 책 속의 이야기는 끝났다.

그들은 누구를 기다렸던 것일까.

사실, 이 작품이 던진 메시지는 인간은 기다리며 사는 존재라는 이야기이다.

어렸을 때는 어른이 되기를 기다리고, 학교에 입학한 학생은 졸업할 때를 기다리고, 밭을 갈고 씨를 뿌린 농부는 추수 때를 기다리고, 사랑하는 젊은이들은 사랑의 결실을 기다리며 산다는 것이다.

그뿐 아니라 매여 있는 종들은 희년의 나팔소리를 기다리고, 종말에는 화순 운주사의 와불이 벌떡 일어나기를 기다리고, 이사야는 사자가 소처럼 풀을 먹고 어린아이가 독사 굴에 손을 넣고 장난쳐도 물지 않는 평화의 세상이 마침내 오기를 학수고대하는 것이다.

한 가지 공통점이 있다면 모두 희망을 기다릴 뿐 절

망적이거나 비극적인 결과를 기다리지는 않는 점이다.

예를 들어 북극의 빙하가 녹아 그 속에 수만 년 동안 숨죽이고 있던 바이러스들이 되살아나기를 기다리는 사람들은 없을 것이다.

역시 빙하가 녹음으로 지구가 점점 물속에 잠기게 되는 비극을 원하는 사람도 없을 것이다.

이뿐 아니라 마지막 종말에 적그리스도가 나타나 짐승의 표를 받게 하는 일을 기다리는 이도 없을 것이며, 모든 사람은 절망 가운데서도 희망을 기다리며 살 것이다.

병든 자는 회복의 때를 기다리며, 농부는 메마른 땅에 단비를 기다리며, 실패한 자들은 재기의 행운이 찾아오기를 기다릴 것이다.

아무 기다림이 없이 사는 사람도 있을 수 있으나 사실은 다 막연하게 행운을 기다리는 사람들이다.

요즘은 나이 때문인지 아니면 또 다른 이유 때문인지 깊은 잠을 이루지 못하고 잠을 자다 깨는 일이 많아졌다.

그래서 밤새 몇 번씩이나 일어났다 누웠다를 반복한다.

새삼 아침을 기다리는 일이 만만치 않다는 것을 느

낀다.

자다 일어나 거실 창문을 열고 어둔 밤을 서성이는 일이 잦아졌다. 비는 오는지, 바람은 부는지, 동은 터 오는지 시계를 보고 다시 또 확인하기도 한다.

불을 켜고 책상에 앉아 책을 보기도 하고 쓰다 만 원고 뭉치를 꺼내들고 다시 가필과 정정을 하기도 한다.

갑자기 텔레비전을 켜기도 한다.

그러나 그 정도로 어둠이 쉽게 물러가지는 않는다.

그럴 때마다 나는 어둠을 물리칠 방법을 생각한다.

바가지로 물을 퍼내듯 어둠을 퍼내야겠다고 생각할 때도 있다.

어둠의 알갱이를 쓸어내기 위하여 빗자루질을 해야 겠다고 생각하기도 한다.

그러다 갑자기 혼란스러운 머리를 정돈하기 위하여 찬물에 머리를 감기도 한다.

그리고 창문을 열고 다시 어둠의 밀도를 확인한다.

어둠은 결코 나의 작은 저항으로는 쉽게 물러갈 것 같지는 않다.

너무 단조롭고 지루할 때 때때로 맞은편 아파트 창 문에 불이 켜진다.

그리고 집 가까운 고층빌딩 사무실에도 갑자기 불이

켜질 때가 있다.

누군가 어둠 속에서 나처럼 뒤척이고 있는 듯하다.

잠시 뒤 다시 불이 꺼지고 다시 켜지기를 반복한다. 그렇다. 누구인지는 모르지만 나와 같이 아침을 기다리고 있는 사람이든지 아니면 어둠 속에서 밤새 어둠을 퍼내던 사람들임이 분명하다고 생각한다.

그러고 보면 고도를 기다리는 사람은 바로 나 자신이 아닌가 하는 생각이 들기도 한다.

축구전쟁

세계는 전쟁 중이다.

총칼로 하는 전쟁이 아니라 발로 차는 공놀이 전쟁이다.

상대방의 수비를 뚫고 영토 깊숙이 들어가 마지막 골문을 점령하는 전쟁놀이.

이 놀이는 정해진 시간 안에 누가 더 많이 상대 영토를 반복 점령하느냐에 따라 승패가 결정된다.

스포츠라는 이름을 빌려 위장하고 있으나 사실, 본능적인 영토 침탈 작전을 표방한 것이다.

물론 권투나 격투기처럼 직설적으로 치고 때리는 싸움은 아니다.

그러나 공을 매개로 한 이면적 내용을 담고 있다는 점에서 본질을 부인하기 어렵다. 그래서 그런지 각국은 축구팀의 이름도 강한 군대를 표방한다.

종주국인 잉글랜드는 사자처럼 용맹했던 리처드 왕을 의미하는 삼사자 군단이고, 스페인은 무적함대, 독일은 전차군단, 네덜란드는 오렌지 군단, 우루과이는 하늘군단, 우리나라도 이에 질세라 태극전사의 이름을 내걸고 참전하고 있다.

이 싸움에서 이기면 개선장군처럼 승리의 개가를 부르지만 진 팀은 패배의 눈물을 흘리고 돌아선다.

그런데 우연의 일치인지는 몰라도 축구 강국들은 대부분 역사적으로 정복전쟁으로 영토를 넓힌 나라들이다.

축구의 종주국이랄 수 있는 영국을 위시하여 포르투갈, 스페인, 프랑스, 독일, 네덜란드, 스웨덴 등 모두 동일하다. 그리고 이런 나라들에게 지배를 받았던 남미와 아프리카가 뒤를 잇는다.

그러다 보니 역사적으로 정복한 나라와 피정복 국가 간의 게임이 벌어졌을 때는 골 깊은 감정이 깔려 있어 경기가 적개심으로 가득하고 사뭇 전투적이다.

대표적으로 우리나라와 일본의 경우다.

우리나라 국민들의 마음속에는 "다 져도 일본 놈들에게만은 져선 안 된다."는 국민감정이 밑바닥에 깔려 있다.

비단 우리뿐 아니라 카타르 월드컵 모로코와 프랑스 경기를 앞두고 프랑스 관광객 한 사람이 모로코에서 피살된 사건도 이런 배경을 가지고 있다.

그래서 외신들은 과거 프랑스의 지배를 받은 모로코의 국민감정이 좋지 않음을 타전하였다.

잉글랜드와 아르헨티나의 관계도 포클랜드 전쟁과 맞물려 동일한 성격을 가지고 있다.

그건 그렇고 아예 전쟁이 난 경우도 있다.

멕시코 월드컵 예선전에서 만난 중미의 엘살바도르와 온두라스의 경우인데 세 번째 경기를 마친 후 일어난 5일간의 전쟁이 벌어졌고 이로 인해 사천 명이 죽고 일만 이천 명의 사람이 부상당한 사건이다.

살벌한 축구전쟁의 이면을 보여준 셈이다.

러시아 월드컵에서 우리나라는 16강에도 못 들고 일찌감치 보따리를 싸들고 귀국하였지만 독일을 2:0으로 이겼다 하여 졌지만 잘 싸웠다는 칭찬을 들었고, 카타르 월드컵에서 역시 사우디아라비아가 16강에도 들지 못하였지만 아르헨티나를 2:1로 이겼다 하여 경기 다음날은 국경일로 선포됐다.

또한 아르헨티나가 우승을 한 것에 흥분하여 윗옷을 벗은 아르헨티나 여성은 개최국인 카타르 법에 의하여 구속될 위기에 처했다고 외신은 보도하고 있다.

모두 이성을 상실했거나 아니면 이성을 상실해 가고 있거나 둘 중 하나인 듯하다.

마치 축구 경기에 국가 존립이 걸린 듯 위에서부터 아래까지, 또한 아래에서 위까지 난리판이다. 상황이 이러다 보니까 어떤 방법을 쓰든지 이기고 보자는 심리가 저변에 깔려 있다.

그래서 그리스는 팀의 이름이 해적선이요 소련은 붉은군대, 벨기에는 붉은악마이다. 물론 우리나라 응원 팀도 붉은악마이고 보면 동명이인이 아니라 동명이국 인 셈인데 이와 같이 각국을 대표하는 이름도 상식의 도를 넘고 있다.

그러나 안타깝게도 악마란 처음에는 이긴 듯하다가 나중에는 지는 것이 인류의 보편적인 인식인데 이것마 저 무시되는 것인지.

아니면 용인되는 것인지.

축구 이름을 빌려 벌이는 총성 없는 전쟁의 끝은 언 제쯤일지 아무도 모를 일이다.

만남의 길

삶은 만남의 연속이다.

부모를 만나고, 친구를 만나고, 스승을 만나고, 아내나 남편을 만나고, 이웃을 만나는 등 만남의 관계 속에 이루어진다.

그런데 누구를 어떻게 만나느냐에 따라서 삶의 모습이나 방향이 달라진다.

꼭 만나야 할 사람도 있지만 만나서는 안 될 사람을 만나는 경우도 있고 그로 인해 힘들고 고통스러운 시간을 보내는 경우도 많기 때문이다.

반대로 결정적인 만남으로 인해 삶이 변하고 새롭게 되는 경우도 있다.

성경의 이야기다.

한 사람이 어느 날 여리고로 가다 강도를 만났다.

물론 가진 것을 다 빼앗기고 생명의 위해를 받아 사

경을 헤매는 지경에 이르게 되었다.

만나서는 안 될 사람을 만난 것이다.

그런데 마침 그 길을 제사장이 지나가게 되었다. 그는 금방 목숨이 경각간에 달려 있는 사람을 보았지만 무슨 일인지 급히 그 자리를 지나치고 말았다.

다음은 레위인이 지나가다 그를 만나게 되었다. 그러나 그도 역시 자리를 떠나 제 갈길로 가 버리고 말았다.

마지막 그 길을 지나간 사람은 사마리아인이었다.

사마리아는 앗수르가 북이스라엘을 점령한 후 강제이주와 결혼 정책으로 혼혈이 되었던 지역이었다. 이런 이유로 유대인들은 사마리아인들을 이방인 취급을 하며 상종도 하지 않았고 멸시했다.

물론 그곳으로 통하는 길도 가지 않았다.

그런데 사마리아인은 강도 만난 자를 보자 바삐 가던 발걸음을 멈추고 상처를 싸매주고 나귀에 태워 쉴 수 있는 곳으로 데리고 가서 집주인에게 돌보아 달라 부탁을 하고 부비를 주며 자리를 떠났다.

물론 그로 인해 강도 만난 자가 생명을 건질 수 있게 된 것은 두말할 나위도 없다.

이 이야기는 만남의 중요성을 말하고 있다.

만남은 삶과 죽음을 결정짓기도 하고 행복과 불행의 단초가 되기도 하기 때문이다. 이런 의미로 중매란 만남을 주선하는 것을 업으로 하는 일이요 맞선이나 면접은 함께 살아갈 수 있는지 여부를 알아보는 사전 탐색이다.

결혼이란 평생 함께 살아갈 사람을 만나는 일이요 이혼은 함께할 수 없어 헤어지는 일이다. 재혼은 다시 새 사람을 만나는 재시도이며 황혼이혼은 인내의 임계점에 다다른 자의 출구다.

임금은 충성된 신하를 만나야 하고 신하는 어진 임금을 만나야 한다.

사업을 하는 사람은 신뢰할 수 있는 사람을 만나야 하고 이사를 할 때는 방향이나 명당 여부를 떠나 좋은 이웃을 만나기를 소원해야 한다.

좋은 이웃이 명당의 첫째 조건이 되기 때문이다.

벌써 오래전 일이지만 군 입대 하던 아들에게 말했다.

군 생활이란 전방이냐 후방이냐가 중요치 않고, 어떤 보직을 맡느냐도 중요치 않다. 중요한 것은 사람을 잘 만나는 것이라고 말했다.

의미심장하게 말했었다.

당시 아들이 내 말을 명심했는지 여부는 모른다. 세월이 가자 그는 무사히 병역의 의무를 마치고 돌아왔다.

한낱 길거리 구두수선공에 불과하던 드와이트 레이만 무디의 삶을 변화시킨 것은 보스턴에서 만난 에드워드 킴볼 선생이었다.

오네시모는 바울을 만남으로 변화된 삶을 살게 되었고, 반대로 바울은 충성된 평신도 동역자인 브리스가와 아굴라 부부를 만나 그들의 조력으로 목회의 힘을 얻게 되었다.

다윗은 사울을 만나 십년 세월을 도망 다녔고, 시인 백석은 진향과의 만남과 헤어짐의 아픔 속에서 그의 예술혼을 불살랐다.

인생은 만남의 연속이다.

누구를 만날 것인가 그것이 문제다.

염려의 시간

세상에서 살아가는 모든 사람들은 생존에 대한 염려를 가지고 살아간다.

먹을 것, 마실 것, 입을 것 등이니 주로 의식주에 관한 것이다.

내가 만나 본 사람들 중 삶의 고매한 이상을 추구하기 위해 고민하거나 세계 평화를 위하여 밤잠을 설치거나 아프리카 난민 문제로 부부 싸움을 한 사람을 만난 일이 없다.

모두 다 자신이 처한 삶의 굴레에서 해법을 찾기 위한 몸부림들이었다.

어느 때나 살 만한 세상이 올 것인가를 고민한다.

아침이 지나면 당장 점심은 무엇을 먹을 것인가를 생각하고, 내일은 어떻게 살 것인가를 염려하고, 물가가 오르고 환율이 오른 것이 나의 생존에 어떤 함수관계가 있는가를 생각하는 것들이 주종을 이룬다.

당시 예수님을 따르던 많은 무리들도 사실, 그 문제로 고민이 많았다.

살아가는 시대는 다르지만 인간의 본질은 변함이 없었다는 증거다.

성경에도 염려라는 말이 많이 기록되어 있다. 구약뿐 아니라 신약에도 25번 이상 기록되어 있는데 그것도 대부분 복음서에 기록된 말씀들이다.

왜 예수님은 공생애와 더불어서 그 말씀을 하셨을까.

절박하고 본질적인 문제였기 때문이었을 것이다.

그런데 예수님은 염려하지 말라고 하셨다.

그 이유로 키를 한 자나 더할 수 없기 때문이라 하신 것이다.

'키'란 희랍어로 '헬리키아'인데 '생명'을 뜻한다.

염려함으로 생명을 한순간이라도 더 연장할 수 없다는 이야기며,

어차피 인간의 능력으로 해결할 수 없는 문제라면 사실 염려할 필요가 없다는 뜻이다.

염려란 희랍어로 '메린나오'인데 이는 찢는다는 뜻의 '메리소'와 마음이라는 뜻의 '누스' 두 단어가 모여

된 합성어로 '마음을 찢는다'는 뜻을 갖는다.

그래서일까. 염려는 마음을 찢고 분산시켜 삶의 소망을 앗아가 버린다.

세상 살아갈 맛이 없어진 것이다.

마귀는 인간에게서 빼앗아가는 것이 많다.

건강과 물질과 환경을 차례로 빼앗아간다. 그리고 마지막에는 희망을 빼앗아가 버린다.

또 다른 가르침은 내일 염려는 내일 할 것이요 한 날 괴로움은 그날에 족하다는 말씀이다. 아직 닥치지도 않은 미래의 문제를 가정하에 염려하지 말라는 것이다.

그렇다. 내가 목회할 때 만났던 많은 사람들 중 미래의 불확실한 장래 때문에 고민하는 분들이 많았다.

키가 작은 손자를 위해서 염려하던 사람이 있었지만 시간이 지나자 잘 자라서 그 염려는 부질없는 시간의 낭비였다는 것을 증명하였다.

오랫동안 가지고 있던 질병으로 염려하는 사람도 있었지만 그도 역시 시간이 지나자 깨끗이 회복되었고,

가난해서 늘 부요를 꿈꾸는 자들도 있었고 부모가 일찍 돌아가셔서 상처가 된 사람들이 있었다.

그러나 세월이 가고 자연스럽게 해결된 것을 보았다.

그리고 보면 그가 염려하며 밤잠을 설쳤던 것들은 사실 불필요했던 것들이었음을 증명한 것이다.

쓸데없는 시간의 허비, 뒤척였던 삶의 고뇌로 스스로에게 고통을 준 시간들이었다.

아래의 시는 이런 배경에서 쓴 것이다.

허비된 시간들

공중에 나는 새 한 마리가
위로자가 되네
들에 핀 백합화가 가르침을 주고
하찮은 들풀도 은혜를 베푸네

은유를 모르는 자를 위해
인자는 머리 둘 곳이 없다며
직유법을 쓰신 예수님
찬찬히 들여다보면
이미 지상에 다 기록해 놓으셨던 것인데
부질없이 시간만 허비했네

이미 예정된 것들인데

모르고 키를 한 자나 더하려 애쓴 날들
다 믿음이 없을 때 일어난 일들이네.

먼저 죽은 시집

글을 쓸 땐 영원을 생각하면서 글을 쓴다.

영원한 것만이 해답이라고 생각한다.

문학의 열망에 빠져 사생결단이라도 할 듯 습작에 매달리던 때도 그런 생각으로 동인지를 만들었다.

그래서일까. 고교시절에 동인지를 만드는 것 자체가 스스로 자청한 즐거운 고생이었다.

그런데 일 년에 한 차례씩 책 만드는 일은 만만치 않았다.

당시에는 문선공이 글자를 한 자 한 자 일일이 식자해서 만들었기 때문에 출판비가 비쌌다.

아무나 워드 작업으로 손쉽게 만들 수 있는 요즘 세상과는 번지수가 한참은 다른 세상이었던 것이다.

그러다 보니 출판사에 맡겨 제대로 된 책을 내는 것은 엄두도 못 내고 등사기를 밀어 손수 책을 만들었다.

책을 만든다며 당시에는 가리방이라고 하던 줄판에 등사지를 대고 골필로 글을 썼다.

몇 날 며칠을 매달려 손으로 글씨를 쓴 것이다.

그런데 글을 쓰는 힘의 강도가 일정하지 않으면 등사가 되었을 때 글자가 흐릿한 경우가 많았다.

일일이 손으로 쓰다 보니 손가락도 아팠다.

그래서 각자 페이지를 분할해서 쓰기도 했는데 그럴 때는 글자 모양이 제각각이어서 묘한 느낌을 주었다.

아무튼, 책 만드는 일은 중노동이었다.

밤을 새우는 일이 허다했으니 삶의 고뇌로 인한 불면의 밤이 아니라 중노동으로 인한 불면의 밤이었던 셈이다.

그런데 마지막으로 등사지를 잘못 붙이거나 롤러를 밀다 등사지가 찢어질 때면 시커먼 등사 잉크가 범벅이 되어 버리기 일쑤였고, 손과 옷 그리고 얼굴에까지 잉크가 묻기도 하는 촌극을 연출했다.

그러나 우여곡절 끝에 조악한 모습이지만 책으로 완성되었을 때는 그 성취감 또한 만만치 않았다.

그래서 친구들에게 나눠 주기도 하고 글을 쓰는 다른 학교 문예반 친구들과 한 권씩 기념으로 주고받기도 하였다.

조악한 책 한 권이라고만 할 수 없었다.

그래서 그런지 나는 이 고난의 역사를 가진 책을 지금까지 소중히 보관하고 있다.

60년이 다 되어가는 세월이다.

이사 다닐 때마다 신주단지처럼 모시고 다닌 것인데 최근에 정리를 하다 보니 책들의 수한이 끝나가고 있었다.

사실, 끝나가는 것이 아니라 죽었다고나 할까.

누렇게 변색하다 말고 붉은색으로 변했고, 글자는 희미해졌으며, 가장자리는 바스러져 있었다.

서가의 한쪽에서 말없이 시간과 싸우다 간 것이다.

그리고 갈 때 습작기의 시들을 함께 데리고 갔다.

그런데 자세히 보니 동인지뿐만 아니라 오래된 시집과 책들도 충실히 그 뒤를 따르고 있었다.

첫 시집이었던 『다시 시작하는 나라』 역시 가장자리부터 변색하고 있었다.

첫 시집을 내고 감격했던 시간들이 생각났다.

문단의 원로, 친구, 주변분들의 격려의 편지글도 나를 고무시켰다.

그러다 보니 휴대폰 문자 몇 자로 답신하는 지금보다 훨씬 정겹고 소중하게 느껴졌다. 그래서 그 편지들도 역시 소중히 보관하고 있다.

휴대폰 문자(?)가 빠르긴 하지만 사람의 사이를 객관적이고 사무적으로 만드는 반면 손글씨에선 정겨운 사람 냄새가 물씬거리는 것은 부정할 수 없는 사실이다.

500부를 찍었는데 그동안 어디론가 다 뿔뿔이 사라지고 단 두 권만 남아 서가書架 한구석을 지키고 있더니 세월을 이길 수 없었던지 역시 누렇게 변색되고 빛바랜 모습이 완연하다.

책들의 소멸!

죽음을 흔히 '호상'과 '악상'으로 구분한다.

'호상'이 오래오래 건강히 장수하다가 자녀들이 잘되는 모습을 보고 편안히 가는 것이라면 '악상'이란 부모보다 자녀들이 먼저 세상을 떠나 부모의 마음을 아프게 할 때 악상이라고들 말한다.

요즘 나는 나보다 먼저 간 시집의 죽음을 어떻게 구분해야 할까 생각한다.

영원을 생각하며 썼지만 찰나에 머물다 간 시집, 산문집, 그리고 여기저기 발표한 글들이 앞서거니 뒤서거니 뒤를 잇고 있다.

세상에 영원이란 것은 없는 것인가.

극단적인 사람들

우리 민족은 극단적이다.

원래 사계절의 뚜렷한 기후 때문인지 아니면 태어나길 그렇게 태어나서 그러는 것인지 매사에 호, 불호가 분명하고 좌우의 방향이 확실하며 위아래나 선후배 관계도 뚜렷하다.

그래서 누구를 만나든지 먼저 나이를 물어 장유유서를 정하고 줄을 세우며 같은 친족을 만나도 항렬을 따져 위아래를 정하는 사람들이다.

따라서 사용하는 말에도 극단적인 말들이 많다.

이판사판이라든지 죽기 아니면 살기라든지, 아니면 양단간에,라는 말들이 그것이다. 직업에도 극한 직업이 있고, 말에도 극언이 있으며, 강한 약을 쓰거나 해결 방법을 모색할 때도 극약처방이란 말을 쓰기도 한다.

그래서인지 확실한 선택을 하지 못하고 어물어물하

면 회색분자가 되거나 박쥐로 비유되거나 사꾸라란 낙인이 찍히기도 한다.

이런 이유로 무슨 일을 하든 그 일만 하고 죽을 사람들처럼 맹렬하고 이를 이루지 못할 때는 극단적인 선택을 하는 일이 비일비재하다.

따라서 삶을 포기하고 죽음을 선택하는 자살률도 세계 1위다.

수사를 받다가 수모를 견디지 못하거나, 아니면 다른 알 수 없는 이유로 쉽게 죽음을 선택하기도 한다.

그리고 기타 개인적인 일로 목숨을 끊는 사람이 한 해에 13,000명이니 하루에 평균 36명이요, 교통사고로 죽은 사람의 4배를 넘고 있다.

해마다 독감으로 사망하는 사람 수보다 6배나 많고 코로나가 창궐했던 2021년 한 해 사망자의 수 24,104명에 비교해도 손색이 없을 만큼 버금가는 숫자다.

이런 것들은 삶과 죽음에 대한 문제뿐 아니라 좌우에 대한 방향감각 또한 유별난 편이다.

탈냉전시대를 만나 세계는 바야흐로 이념의 굴레를 벗고 자국의 이익을 추구하는 방향으로 각자도생의 길을 가고 있다.

이념의 절대 가치가 상대 가치로 바뀌거나 버려진

상태다.

오랜 시간 동안 앙숙처럼 지내던 중국과 러시아가 손을 잡고,

10년 동안 전쟁으로 원수가 된 미국과 베트남이 경제 교류의 물꼬를 트고,

어제의 적이 오늘의 동지로, 어제의 동지가 오늘의 적이 되는 형국이다.

모두들 가변차선제를 선택하고 있다.

다 자국의 이익을 중심으로 하고 있는 일이다.

그런데 어찌된 영문인지 우리나라만큼은 변함없는 일방통행이요 일편단심 민들레다.

따라서 우리나라 사람들은 세뇌가 잘되고 한번 세뇌되면 잘 풀어지지 않는 특성을 지니고 있다.

짐승도 제 집 주인을 닮는 걸까.

진도견이 우수한 품종임에는 틀림없다. 용맹하고, 사냥을 잘하고, 집을 잘 지키고, 변치 않는 충성심이 그것이다.

그러나 그것이 바로 단점이 되기도 한다.

한 번 주인은 영원한 주인이 되기 때문이다.

생각의 전향이 쉽게 되지 않는다는 점이다. 그래서 어려서부터 키우지 않으면 중간 양육은 되지 않는 단

점을 가지고 있다.

단순히 진도견만을 이야기한 것은 아니다.

우리가 잘 아는 바와 같이 노란 민들레는 이제 우리 강산을 뒤덮은 지 오래되었다.

그러나 우리는 아직까지 토종 민들레는 흰색이란 주장을 굽히지 않고 있다.

토종과 토종 아닌 것의 경계를 풀지 않고 있는 셈이다.

마치 대원군의 쇄국정책처럼 마음의 문을 열지 않고 있다고 볼 수 있다.

대단한 각인효과를 가지고 있는 민족이다.

그 결과 일찍이 문호를 개방하고 선진문물을 받아들인 일본의 침략과 지배를 받은 아픈 역사를 가지고 있다.

평행하는 두 직선이 된 남과 북의 만날 날도 기약이 없다.

유연하게 생각하는 것은 나쁜 것일까.

단단한 이는 쉽게 망가져도 부드러운 혀는 끝까지 남게 된다는 말은 과연 우리에게 금언이 될 수 있을까.

기회

시간은 혼자 오지 않는다.

항상 기회를 동반한다.

이런 이유로 준비된 사람은 기회를 잡을 수 있지만 준비되지 않은 사람은 번번이 기회를 놓치고 만다.

기회는 형체가 없다. 그래서 때가 지나면 마치 물이나 바람이 손가락 사이를 빠져 나가듯 소리 없이 빠져 나가고 지난 후 비로소 놓친 것을 깨닫는다.

성공과 실패의 차이는 능력의 차이가 아니라 기회를 잡은 자와 잡지 못한 자의 차이가 아닐까.

야곱은 속이는 자였으나 기회를 잡았고, 에서는 정직했지만 기회를 놓친 자였다.

그래서 그 후 축복을 받으려고 눈물을 흘렸지만 영영 기회를 얻지 못하게 되었다.

이해가 되기도 하고 이해가 되지 않는 부분 중 하나

다.

성경에서 말하는 열 처녀의 비유도 사실은 기회를 잡은 자와 놓친 자의 이야기다.

미련한 다섯 처녀는 등은 가졌지만 기름을 준비하지 못하여 신랑을 영접치 못하게 되었다.

물론 그 일 이후로 급히 기름을 준비해 가지고 왔지만 이미 혼인잔치의 문은 내린 후였다.

사온 기름은 필요 없게 되었다. 때를 놓쳤기 때문이다.

마리아는 삼백 데나리온이나 되는 나드 한 옥합을 드릴 봉사의 기회를 얻었다.

그러나 안식 후 첫날 새벽에 여자들이 예비한 향품을 가지고 예수님 무덤에 갔을 때는 드릴 수 없었다. 부활하셨기 때문이다. 기회를 놓친 것이다.

봉사도 때가 있다는 것을 가르쳐 주는 대목이다.

기회는 은밀히 다가온다.

기회가 왔다고 소리 지르지 않는다.

그러나 준비된 사람은 그것을 안다.

아브라함이 오정쯤 되어 장막 문에 앉았다가 세 사람이 서 있는 것을 발견하였다.

단번에 그는 예사 사람들이 아닌 것을 알았다. 그는

달려 나가 극진히 대접하였는데 그들은 천사였던 것이
다.

아브라함을 방문한 천사들은 다시 소돔성으로 가 롯
의 집에 도착하였다.

날이 어두울 때쯤 롯은 성문에 앉았다가 두 천사를
보고 곧 일어나 아브라함처럼 극진히 대접하였다. 그
런데 놀랍게도 그들은 타락한 소돔성의 심판 소식을
전하였다.

그들은 롯에게 급히 피하라고 하였으며 머뭇거리는
그의 손을 붙잡아 멸망의 도성으로부터 탈출하도록 한
것이다.

소돔성은 결과적으로 하늘에서 비처럼 쏟아지는 불
과 유황불로 멸망하고 말았다.

기회는 간절한 사람에게 찾아온다.

사람이 기회를 포기하지 않으면 기회도 사람을 포기
하지 않는다.

기회는 사모하는 자를 찾아온다.

뽕나무 위에 올라간 삭개오를 보고 찾아왔고, 가나
안 여인에게 찾아왔고, 베데스다 연못 36년 된 병자에
게 찾아왔다.

우물가 사마리아 여인에게도 왔고, 손 마른 자에게

도 왔고, 마지막 십자가에 매달린 오른편 강도에게도 찾아왔다.

비단 사람에 대한 문제만은 아니다.

초식 동물들은 봄풀이 돋아나는 때를 기다려 새끼를 낳고,

철새는 이소離巢의 때를 알고,

농부는 이른 비와 늦은 비를 기다려 씨를 뿌리고 추수를 한다.

다 기회를 살리려는 노력이다.

우리에게 있는 빨리빨리 문화도 알고 보면 기회를 잃지 않으려는 눈물겨운 삶의 다른 모습일 뿐이다.

사계절이 뚜렷하고 명확한 절기의 구분 때문에 한 번 기회를 놓치면 일 년 농사의 회복이 힘들었기 때문이었으리라.

그래서 갑자기 비라도 내리면 빨래를 걷어야 하고, 장독대 뚜껑을 덮어야 하고, 멍석에 널어 놓은 곡식을 덮어야 하고, 삽을 들고 물꼬를 손질하러 논으로 바삐 달려가야 하는 등 느긋하게만 앉아 있을 수 없었던 것이다.

서둘러 붙들지 않으면 영영 가버리는 기회!

빨리빨리가 아니고는 대안이 없었을 터.

사람이건 짐승이건 무엇이든 살아 있는 것들은 생존을 위한 찬스를 붙들어야만 한다.

그래서 달맞이꽃은 달이 뜨는 때를 기다리고,

선인장은 해가 지고 곤충들이 활동하는 때를 기다려 꽃잎을 열고,

박꽃은 소복을 입은 여인처럼 소리도 없이 달과 밀회의 기회를 기다리는 것이 아니겠는가.

감사의 샘

감사하는 마음은 믿음과 정비례한다.

믿음이 올라갈 때는 감사하는 마음도 오르고 믿음이 떨어질 때는 감사하는 마음도 덩달아 떨어진다.

감사하는 마음과 하나님을 사랑하는 마음은 정비례한다.

하나님을 사랑하는 마음이 많을 때는 감사가 넘치지만 반대로 사랑하는 마음이 적으면 감사도 하향 곡선을 그린다.

이는 부모님에 대한 감사와도 공통점을 갖는다.

따라서 감사란 신앙의 척도라고나 할까.

감사가 고갈된 심령에는 원망과 불평이 찾아든다.

원망이나 불평은 무슨 일이 잘 풀리지 않을 때 주로 나타난다. 실패의 구실을 외부에 돌리기 위한 방편이기 때문이다. 스스로 책임을 회피하며 타인에게 책임을 전가시켜 탈출구를 찾는 행위다. 그리고 그것은 부모나 형제, 그리고 이웃이나 친구가 대상이 되기도 한다. 광야를 지나던 히브리인들은 주로 모세와 하나님을 원망과 불평의 대상으로 삼았다.

불평은 상대적인 박탈감에서 생겨나기도 한다.

소유하지 못했을 때 소유한 사람을 보고 느끼는 허탈감이 원인이기도 하고, 소유는 했지만 더 소유하지 못한 욕심일 경우도 있다.

감사는 자신을 풍성하게 하기도 하지만 듣는 사람들의 마음을 풍성하게 한다.

반면 원망과 불평은 자신의 심령을 황폐하게도 하지만 듣는 사람의 마음을 폐허로 만들고 병들게 한다.

원망과 불평은 전염성이 강하다. 여기에는 백신도 없고 치료제도 없다.

가나안 땅을 정탐하고 온 정탐꾼의 말을 들은 히브리인들은 밤새워 가며 울고 원망하였다. 그 결과 출애굽한 기성세대 중에서 여호수아, 갈렙 외엔 모두 광야에서 생을 마감하는 비극이 연출됐다. 에돔이 길을 막고 있을 때 역시 원망을 하다가 많은 사람이 불뱀에 물려 죽는 불상사가 발생하기도 하였다. 마실 물이 없다고 불평하였고, 박한 식물을 원망하기도 하였다.

히브리인들은 항상 애굽에 있을 때와 비교하며 부추와 수박과 참외를 먹었던 것을 회상하면서 고기 가마 곁에 있을 때와 비교하였다. 주로 먹고 마시는 문제가 문제였다. 농사짓지 않아도 살아갈 수 있었던 은혜에는 감사치 않고 거저 주신 만나를 감사치 못하고 싫어했다.

전도사 시절이었다.

교회가 고지대여서 교회 사택에 사는 우리 집은 커다란 물통을 놓고 살았다. 수도 시설이 없었기 때문이었다. 그리고 한밤이 되면 수도가 있는 사찰 집사 집에 연결하여 물을 받아 썼다. 자정이 넘어서야 겨우 물이 올라왔다. 여름에는 그래도 괜찮은 편인데 겨울에는 날씨도 춥고 물이 오다 끊기고 올라오다 끊기기를 반복하여 고역이었다. 물 받고 난 후에는 긴 합성수지 파이프가 꼬이고 틀어져 정리하는 데도 애를 먹었다. 고생을 한 셈이다. 그때 나는 「고지대 수돗물」이란 시를 쓰기도 했다. 자정이 지나고 모든 소란과 혼돈이 잠든 시간. 어둠을 뚫고 올라오는 고지대 수돗물 소리는 오랫동안 잠든 시심을 깨우기에 충분하였다.

뿐만 아니라 살아가면서 새삼 물의 소중함을 느끼고 물에 대해 감사하게 된 계기가 되기도 했다. 그때 이후

나는 목욕탕에 가서도 물을 틀어놓고 자리를 떠난 사람들을 보면 어김없이 가서 꼭지를 잠갔다. 귀한 가르침을 받은 셈이다.

감사는 돈을 주고 사고 팔 수 있는 것이 아니다. 빌리는 것도 아니다. 감사의 샘은 내 안에서 터져 나와야 한다.

예수님은 어린아이가 가져온 보잘것없는 오병이어를 보고도 하늘을 우러러 감사했고, 고라신과 벳세다에서 전도에 실패한 것도 감사했다. 그리고 마지막 죽음을 목전에 둔 최후의 만찬까지 감사는 계속되었다.

오늘의 문제는 무엇인가. 먹을 것이 없고 마실 물이 없어서인가. 아니면 처처에 지진과 기근의 소식 때문인가.

감사가 실종된 시대에 살고 있기 때문은 아닌가.

가시 면류관

외로운 것들은 가시가 있다.

바닷가 해당화에는 가시가 있다.

외로움과 싸우느라 온몸에 돋아난 가시.

찔레도 아픈 가시를 매달고 있다.

소리 없이 가는 봄을 어찌할 수 없어

아카시아도 가시를 매달고 있다.

아픈 상처일수록 가시를 숨기고 있다.

화려한 오월의 장미도 가시가 있다.

다 외로움 때문이다.

인적이 그리운 것은 가시가 있다.

하루 종일 제 그림자를 밟고 서 있는 사막의 선인장
들도 가시가 있다.

웅크리고 사는 것들은 온몸에 가시가 있다.

고슴도치, 호저, 그리고 성게.
생존을 위해 온 신경을 곤두세우는 것들은
온몸에 그렇게 가시가 있다.

탱자는 울타리가 되기 위해 가시가 있고,
위리안치圍籬安置 형벌을 스스로 받기 위해 가시가
있다.
유자는 향기를 지키기 위해,
청미래덩굴은 망개떡을 감싸기 위해 가시를 매달
고,
엉겅퀴는 스코틀랜드의 전설이 되기 위해 가시가
있다.

절망하는 것들은 가시가 있다.
생선은 죽어서라도 원수를 갚는다며 몸속 깊은 곳
에 가시를 숨기고,
땅두릅獨活은 혼자 사는 법을 배우기 위해 가시가
있다.
엄나무도, 구지뽕도, 오가피도 험한 세상 다리가 되
기 위해 가시를 매달고,
가시연은 한여름 뜨거운 태양에 저항하기 위해 꽃

꽃이 가시를 세우고 있다.

사람의 혓바닥에 가시가 있다.
한입으로 단물과 쓴물을 내는 두 개의 우물이 있다.
가시나무새는 심장이 가시에 찔려 죽기 위해 가시
나무를 향해 날고,
가시밭길을 걷는 자는 꽃길이 그리워 형극荊棘의 길
을 간다.

눈엣가시도 있다.
자신이 느끼는 고통의 분량만큼 자라는 가시.
죄 많은 것들은 가시가 있다.
양심은 늘 가시의 공격을 받는다.
밤송이는 태어날 때부터 가시로 허공을 찌른다.
왜 부드럽게 감싸주는 허공을 가시로 찌르는 것일
까.

호랑가시나무는 성탄절 장식을 위해 가시가 있다.
거짓과 증오, 사랑과 미움, 그리고 모략과 배신,
눈에 보이지 않은 공간에 가시가 숨어 있다.
물속에서 물을 찌르는 가시도 있다.

퉁가리, 동자개, 쏘가리, 쏨뱅이,
그리고 아예 이름이 가시인 가시고기에 이르기까지
이 모든 것들이 모여 가시 면류관이 되었다.

대나무의 일생

세상에 대나무만큼 정결한 나무도 없을 것이다.

대나무는 내장이 없다.

내장이 없다 보니 음식을 먹거나 물을 마시는 일도 없고, 따라서 오줌을 누는 일도, 똥을 누는 일도 없다.

오직 바람을 먹고 사는 나무다.

대나무를 낫으로 베어 장지 손가락 마디 길이로 끊고, 댓잎을 꽂아 불면 대바람 소리가 난다.

구멍을 뚫고 불면 또 다른 소리를 낸다.

대금도 퉁소도 피리도 음폭과 음질과 음량과 다른 음고로 반응한다.

바람 소리만 들으면 되살아나는 나무.

바람을 불어넣으면 나무가 생령이 되는 것일까.

동양이 대나무를 이용해 피리를 만들었다면 서양도 대나무로 바람의 악기를 만들었으니 플룻이다.

따라서 금빛으로 번쩍이는 플룻도 목관악기로 분류되는 이유다.

대나무는 자음도 없고 모음도 없다.

품은 소리만 낼 뿐.

바람을 만날 때 제 마음속에 품은 말을 하고 생각을 풀어낸다.

긴 한숨을 토해낼 때도 있고, 흐드러진 가락을 피워 올릴 때도 있다.

인간이 만든 어떤 문자로도 표기할 수 없는 소리를 내는 음유시인.

그래서 옛사람들은 대나무 조각을 엮어 죽간竹簡을 만들었다.

태어날 때부터 바람에 흔들려야 산다는 것을 알고 태어났을까.

분서갱유에도 살아남아

항상 자신을 푸름으로 말한다.

대나무는 희로애락에 물들지 않는다.

무심의 경지에 이르렀기 때문일 것이다.

대나무는 피와 눈물이 있었지만

피도 눈물도 마른 지 오래다.

사람의 피는 붉다.

짐승의 피도 마찬가지.

뽕나무나 무화과나 상추나 왕고들빼기나 씀바귀나 이차돈의 피는 희다.

미나리나 찔레나 무나 호박의 피는 투명하다.

예초기에 잘려나간 풀들은 초록색이다.

대나무는 피 말리는 세상을 살아온 동안 피는 불필요한 짐에 불과하다고 생각했기 때문이다.

하늘을 날 수 없는 것은 몸에 싦어진 것이 너무 많기 때문이라는 것을 알았다.

속을 다 비우고도 차마 떠나지 못하고 있다.

이승의 종말은 꽃이다.

꽃은 자기가 위치한 가장 높은 꼭대기에서 핀다.

뛰어내릴 수 없어 피는 꽃

항상 제자리에서 죽은 후

화려했던 시간들을 땅바닥에 미련없이 버린다.

혼인비행을 마친 벌은 죽는다.

혼인비행을 마친 개미도 죽는다.

풀숲의 사마귀도 혼인을 한 후 죽는다.

마치 한 가지 사명만을 위해서 태어난 것처럼.

존재가 덧없는 바람임을 깨달을 때 대나무도 세상을 등진다.

죽음은 연약한 것들이 할 수 있는 유일한 항거.

꽃이 필 때 삶을 포기한다.

마지막 이별까지도 다 내버린다.

직선과 곡선

사람은 태어나면서 두 선을 만난다.

하나는 직선이요 다른 하나는 곡선이다.

직선을 두 점 사이의 최단거리라 한다면 곡선은 구부러진 길이요 직선과 상반되는 개념이다.

사물을 표현할 때 직유를 쓰면 직선이요 은유를 쓰면 곡선이다.

말을 할 때도 직설적으로 쏟아내면 직선이요 돌려 말하면 곡선이다.

산을 오를 때 정해진 시간과 장소를 목표로 암벽을 오르거나 최단의 길을 선택한다면 등산이요 직선이다. 반면에 산천경개를 유람하면서 오른다면 유산遊山이요 곡선이다.

무지개는 항상 곡선으로 두 점 사이를 연결한다.

그러나 무지개를 바라보는 시선은 직선이다.

여름철 내리는 소나기가 직선이라면 봄에 내리는 보슬비는 곡선이다.

칸트가 형이상학을 학문으로 정립하려 한 초월적 관념론은 직선이고, 공자의 중용은 곡선이다.

빈센트 반 고흐의 「비탄에 잠긴 노인」의 구부러진 등은 곡선이다.

그러나 그가 사유하는 세계는 직선이다.

알베르토 자코메티 「걷는 사람」의 기울어진 걸음걸이는 곡선이고 그의 어머니 아네타는 직선이다.

율법이 직선이라면 복음은 곡선이요,

왼편 강도가 직선이라면 오른편 강도는 곡선이다.

분노는 직선이고 인내는 곡선이다.

태양은 직선이요 달빛은 곡선이다.

따라서 태양은 모든 것들을 드러내고 달빛은 모든 누추한 것들을 가려준다.

아버지는 직선이고 어머니는 곡선이다.

수평선은 직선이지만 바다와 하늘이 맞닿은 곳은 곡선이다. 지평선은 직선이요 땅과 하늘이 닿은 곳 역시 곡선이다.

피아노 음은 직선이다.

그러나 음의 마디를 조밀하게 연결하면 곡선이다.

반대로,

바이올린 소리는 곡선이다. 아주 짧게 토막을 내면 직선이다.

서양인의 눈빛과 날카로운 콧날은 직선이다. 동양인의 부드러운 콧날과 밋밋한 이목구비는 곡선이다.

미지의 길을 만들 때 서양인들은 산을 깎고 터널을 뚫어 직선거리를 추구한다.

반면에 앞서간 사람들이 만들어놓은 길을 따라가거나 산허리를 돌아가는 동양인은 곡선을 추구한다.

동양인들은 강과 하천 그리고 산맥을 경계로 생활터전을 만들고 서양인들은 직선으로 선을 그어 거주 경계를 정한다.

정복자들은 가는 곳마다 식민지를 건설하고 직선으로 그은 땅의 경계는 세월이 가도 고통의 불씨로 남아 있다.

그렇다면 곡선은 무엇인가. 비효율과 경제성이 문제다.

가까운 길을 두고도 먼 길로 돌아가는 것은 비경제적이다.

모든 사람들은 태어나 전심전력으로 직선을 향해서 나아가지만 우여곡절迂餘曲折을 만날 때 사람들은 비로소 직선만이 답이 아님을 깨닫게 된다.

여행 중에서 가장 재미없는 여행은 비행기로 하늘을 나는 여행이다. 구름과 구름 위 태양과 가도 가도 끝없는 공중의 직선 항로는 사람을 지치게 한다.

그보다 더 나은 여행은 고속열차 여행이다.

그러나 바람처럼 빠르게 스치고 지나가는 속도와 직선으로 뚫은 터널을 지나면서 서서히 지쳐간다.

그보다 더 나은 것은 자전거 여행이요,

그보다 아름다운 것은 도보 여행이다.

곡선이 사람을 회복시킨다.

사람들은 이전까지 무시했던 둘레길을 다시 복원해야 할 필요를 느꼈다.

비로소 우여곡절의 의미가 무엇인가를 깨닫는다.

막힐 때 우회로를 찾는 재미를 느끼고 피곤할 때 쉬어가는 여유를 생각한다.

빛과 어두움은 상대적인 것이 아니라 서로를 확인시켜주는 존재임을 알게 된다.

해와 달은 서로를 증명하고 직선과 곡선은 결국 한 길에 두 가지 모습임을 깨닫게 된다.

직선 속에 곡선이 숨어 있고 곡선 속에 직선이 숨어 있는 이치는 깨닫지 못한 사람에게만 화두로 남는다.

불안한 세상

우리나라 지명에는 유난히 편안 '안安' 자가 들어가는 지명이 많다.

그런데 사실, 그런 글자가 많다는 것은 평안하다는 것이 아니고 그만큼 불편하고 불안한 세상을 살아왔다는 반증이기도 하다.

그래서일까.

천안이란 문자 그대로 하면 하늘 아래 제일 편안한 곳이지만 사실 처음부터 그런 곳은 아니고 삼국시대부터 내려온 격전장으로 전쟁과 다툼이 그칠 날이 없었던 곳이었다.

역시 동쪽의 가장 편안한 땅인 안동도 알고 보면 본디 이름이 고창古昌으로 전쟁이 그칠 날이 없었던 곳이었고 후삼국의 패권 다툼에서 마침내 왕건이 승리하여 불안한 곳을 안정시켰다는 뜻으로 얻게 된 지명이다.

안성 역시 연상되는 것은 안성맞춤 정도일지 모르지만 전략적 요충지로 외세의 침입이 잦았던 곳이다. 그래서 매번 땅 주인이 바뀌었다.

4세기까지는 백제의 땅이었다.

5세기에는 고구려의 남하정책으로 고구려에 점령되었다가 6세기에는 신라에 편입되는 등 우여곡절의 역사를 가지고 있었으니 애초에 편안한 성이 아니라 반대급부의 염원을 담고 있었던 이름이기도 하다. 이런 의미로 안양이나 안산이나 안중도 마찬가지다. 특별히 안양은 몸을 편히 쉬는 곳이라는 극락정토를 의미하는 불교적 의미까지 포함하고 있으니 말이다.

물론 그 밖에 태안은 큰 평안을 의미하고 가평은 평안을 더하는 곳이며 안면도는 편히 잠을 잘 자는 섬이니 더 무슨 말이 필요할까. 그래서 우리나라의 기도 제목은 늘 '국태민안'이었다.

즉 나라가 태평하고 백성들이 편안한 세상을 꿈꾸어 왔다는 뜻이다.

이로 미루어보면 인간이 끊임없이 추구하는 평안도 사실 불안하기 때문이라는 역설을 담고 있다.

왜 불안한 것일까.

두려움 때문인가.

두려움은 어디서 오는 것일까.

아마 생존에 대한 위기의식에서 출발한지도 모른다. 삶을 위협하는 요소들이 너무 많기 때문이다. 죽음은 인간을 두렵게 하고, 숙연하게 하고, 한계를 깨닫게 하는 스승이다.

그런데 자세히 들여다보면 단순한 몸의 죽음만을 의미하는 것은 아니라는 결론에 이르게 된다. 이런 이유로 인간을 불안하게 하는 본질적인 요소 가운데 죄가 등장한다.

그런데 이 죄는 인간을 두렵게 하고 고통스럽게 하고 사망에 이르게 하니 곧 영혼을 죽음으로 인도하는 마귀다.

창세기에 등장하는 아담은 선악과를 따 먹는 죄를 범한다. 그는 그로 인해 두려움에 떨며 동산 나무 뒤에 숨게 되고 하나님이 그를 찾을 때 대답하기를 "내가 두려워 숨었습니다."라고 대답한다. 그를 두렵게 한 것은 죄였다. 그렇다. 죄는 가시 같아서 양심을 찌르고 고통스럽게 하며 마침내는 영혼을 사망에 이르게 한다.

과학이 발전한다면 불안이 해소되는 것일까. 그런 것 같지는 않다. 문명이 발전하고 인간이 편안한 세상을 살아간다 할지라도 불안은 종식되지 않는다. 아니, 오히려 더 증가하고 있질 않나 하는 생각이 들기도 한다.

끊임없이 들려오는 전쟁의 소식이 불안하다. 지진의 소식이 불안하고, 핵실험의 소식이 불안하다. 그것보다도 알 수 없는 불안에 늘 시달리고 있다.

먹고사는 문제가 해결이 되고 문명의 이기를 누리고 있음에도 여전히 불안의 종류는 늘기만 한다.

비행기를 타면 불안하다. 비행기에서 내려 자동차를 타도 불안하기는 마찬가지고, 엘리베이터의 고속 상승과 하강이 불안하고, 밀폐된 공간은 더 불안하다. 걸어다녀도 불안하고 잠을 자도 불안하다. 고층 빌딩 공사장 차광막 밑을 지날 때마다 불안하다.

북극의 얼음이 녹는다는 소식도 불안하고 녹은 얼음 속에서 불쑥 튀어나올 미증유의 바이러스가 불안하다. 원자력발전소를 건설한다고 해도 불안하고, 그만둔다고 해도 불안하다. 갑작스러운 정전이 불안하다. 이상 기온이 불안하고, 인공위성 잔해가 머리 위로 떨어진다는 소식이 불안하다. 불치의 질병들이 불안하게 하고, 구급차의 경적 소리가 불안하고, 가까운 친구의 부음이 불안하다. 어느덧 계절이 바뀌는 것이 불안하고, 새해가 불안하다. 어느 날 거울에 비친 낯선 내 모습이 불안하고 그보다 불확실한 장래가 불안하다. 이단들이 말하는 시한부 종말론이 불안하고 그에게 미혹당한 사람들의 소식은 더 불안하다.

언제쯤 편안한 세상이 올 것인가.

안전벨트를 매고, 안전모를 쓰고, 안전수칙을 지키면 불안이 사라지는 것일까. 유엔 안전보장이사회가 있고, 평화유지군이 주둔한다면 전쟁이 종식되고 평화로워지는 것일까.

지명을 바꾼 후에도 변함없이 간닌艱難의 세월을 살아온 조상들의 시간이 문득, 눈물겨워질 때도 있다. 이 지상에 진정한 평안은 없는 것인가.

나무의 목격木格

나무를 사람과 비유해 쓴 글들이 많이 있다.

문학작품뿐만 아니라 성경에도 감람나무나 포도나무 또는 무화과나무의 비유가 나온다. 또, 왕을 뽑는다며 나무들이 서로 대화하는 광경도 등장한다.

우리나라에서도 역사적으로 나무에게 벼슬을 내린 일이 있다.

조선 왕 세조가 속리산 행차 시 가마가 소나무 가지에 걸리게 되었고 이때 소나무가 가지를 들어올려 주어 무사히 왕의 일행이 통과하도록 행차를 도와준 공로로 정이품이라는 벼슬을 받게 된 이야기다.

물론 사실 여부는 알 수 없으나 나무에게 인격을 부여한 재미있고 흐뭇한 이야기임이 분명하다.

그런데 이런 특별한 경우를 제외하고 대체적으로 인간들은 소리를 지르지 않은 것들에 대해서는 무자비하다. 특별히 개발을 빌미로 무차별적인 남획과 남벌로 세계의 산림이 신음하고 있으며 이상기온까지 발생하고 있는 상황이니 더 무슨 말이 필요한가.

매 순간마다 수백 년 된 나무들이 순식간에 전기톱에 잘려 나가고 있다.

무성한 밀림이 사라지고 있으며 밀림에 기대 살던 생물들이 갈 곳을 잃고 있는 형국이다.

이래도 되는 것인가.

나무들의 생애를 살펴보면 지나칠 수 없는 숭고한 부분들이 많다.

나무는 여름이면 무성한 그늘을 만들지만 한 번도 자신이 그늘에서 쉬어본 일이 없이 더위에 지친 모든 것들이 쉬어가도록 자리를 내어준다.

나무는 열매를 맺지만 한 번도 자신이 그 열매를 소유한 일 없이 굶주린 짐승들에게 일용할 양식으로 내어준다. 나무는 발이 없으므로 배신을 하지 않고 한 번 주인이 심어준 자리를 평생 지키며 살아간다.

입이 없으므로 말에 실수가 없으며 불평을 모른다.

자신은 평생 집이 없어 풍찬 노숙을 하지만 집이 없어 찾아드는 모든 날짐승들을 가슴에 품고 보금자리를 내어주는 나무. 그리고 마지막에는 남은 그루터기마저도 모두 내어준다.

　나는 「죽은 나무」란 시를 쓴 일이 있다.

　　나무는 죽어서도 다시 산다

　　허물어진 밑둥치는 불개미의 집으로

　　옹이진 가장자리는 풍뎅이의 놀이터로

　　바스러진 속살은 굼벵이의 보금자리로

　　무릎 아래 자비로 구름버섯을 키운다.

　나무는 눈이 없지만 용케도 캄캄한 땅속에서 물이 있는 곳을 찾아내어 그쪽으로 뿌리를 내린다. 귀가 없지만 봄소식을 맨 먼저 듣고 양지바른 쪽에 새순을 내밀고,

　가을엔 한여름 내내 움켜쥔 모든 소유를 다 내려놓아 겨울 지나 다시 올 새 봄을 준비한다. 거룩한 모습을 보여준 셈이다.

　이런 이유로 나무에도 목격木格이 아닌 인격을 부여해야 한다는 생각을 할 때가 많이 있다.

　평생 주기만 하고 베푸는 나무!

　동물에게는 '동물복지'란 말을 사용하지만 나무에게는 그런 말을 사용하지는 않는다. 잔인함으로만 일관

한다.

금년 봄에 집 앞에 있는 열 그루 정도 되는 은행나무가 잘려나갔다. 죄목(?)은 너무 키가 크다는 이유였다. 그래서 더 크기 전에 주민들이 자르자고들 한 모양이다. 어느 날 갑자기 전기톱을 든 사람들이 찾아왔다. 큰 트럭과 사다리차까지 함께 왔다.

낯선 사람들은 나무에 올라가 서슴없이 전기톱으로 가지를 자르더니 마지막에는 중심 부분을 잘라냈다. 30년도 넘는 큰 나무의 절반 이상이 뭉툭 잘려 나갔다. 그렇게 열 그루가 넘는 은행나무가 모조리 잘려 나가고 보니 나무들은 흡사 몽둥이를 땅바닥에 꽂아놓은 듯한 형상을 하고 있었다.

살벌했다.

물론 나무들은 아무 말도 없었다.

그러나 사실 아무 말도 하지 않은 것이 아니라 사람의 귀에 들리지 않았을 뿐 죽음의 신음소리를 냈을 것이다. 많은 수액도 흘렸다. 수액은 나무의 피다. 그렇게 몇 달을 침묵으로 보냈다. 오랜 시간이 지난 후 죽은 줄로만 알았는데 뭉툭 잘려나간 주위에서 작은 싹이 나오기 시작했다.

긴 치유의 시간을 통해 스스로 이겨내고 있었던 것

이다.

그때 나는 젊은 날 읽었던 그림동화 셸 실버스타인의 「아낌없이 주는 나무」의 이야기가 생각났다. 온 생애를 아낌없이 내어주는 나무!

새삼스럽게 나무의 목격과 인격을 생각하는 시간이었다고나 할까.

토씨의 전쟁

목회자들의 문학회가 있다.

이름하여 한국목양문학회. 3번째 연간집을 발행했는데 당시 회장이 오병수 목사였다. 따라서 관례대로 오병수 목사가 사화집 권두언을 쓰게 되었는데 제목이 '시로 살자'였다.

생각하기에 따라서는 좀 생뚱맞기도 하고 낯설기도 했지만 그 내용을 읽어보면 충분히 이해가 되는 주장이었다.

당시 그 글의 전반부만을 옮겨 적으면 다음과 같다.

"우주가 아무리 크고 한계가 없는 공간이기는 하여도 그것은 물상의 세계다. 그러나 시는 그 물상의 세계를 초월하는 심상의 세계인 것이다. 물상의 세계는 피조물의 세계이지만 상상의 세계는 창조주가 동반하는 세계인 것이다.

태초에 말씀이 하나님과 함께 계셨다는 요한의 증언이
이를 뒷받침해 준다. 보라. 모든 종교 문헌들을. 그것들
을. 그것들은 시로 표현되어 있지 않은가!

그러므로 시인은 하나의 문학작품으로서의 시를 쓰는
작업 이전에 시로 사는 것이 중요하다."

–(이하 생략)

이 글이 말하는 것은 시적인 삶을 살자는 내용이었
다.

그런데 이 권두언에 대해서 선정주 목사가 이의를
제기하고 나섰다.

거두절미하고 제목 자체가 틀렸다는 것이다. 최소한
도 문법이 맞으려면 '시를 살자'고 해야 맞다고 주장했
다. 그러면서 말하기를, 우리가 흔히 쓰는 말 가운데서
'밥을 먹는다' '옷을 입는다'라고 말하는 것처럼 '시를
살자'가 맞는 표현이라고 했다.

오병수 목사는 천부당한 소리라고 말했다. 어떻게
그런 문법이 있느냐고 반박했다. 그러나 선정주 목사
는 굽히지 않았다. 거듭 내 말이 맞다고 주장했다.

처음에는 조용한 소리로 시작되었는데 점점 말소리

가 커지더니 큰 소리가 나게 되고 나중에는 고함소리가 들리는 말싸움이 되고 말았다. 물론 당시 분위기는 요즘으로 말하면 썰렁한 상태였다고나 해야 할까. 당일 회원들은 모두들 소리 없이 자리를 떠나고 말았다.

다 알다시피 '로'는 체언에 붙은 부사격 조사로 수단, 방법, 도구 등을 나타낸다. 예를 들면 '칼로 연필을 깎는다'라든지 '코로 숨을 쉰다' 등으로 사용된다.

반면에 '시를 살자' 했을 때 '를'은 받침이 없는 체언에 붙은 목적격 조사에 해당한다. 그래서 선 목사의 말도 수긍이 가기도 한다.

토씨 한 글자로 촉발된 싸움은 승패 없이 끝나고 말았다.

만약, 우리글의 가치나 아름다움을 모른 사람이 듣는다면 그까짓 것이 무슨 싸울 일이냐고 대수롭지 않게 생각할지도 모른다.

그러나 글자 한 자 한 자에 생명을 불어넣는 시인의 입장에서 보면 결코 간과할 수 없는 일이었을 것이다. 더구나 우리말에 대한 효용과 가치를 중요시하는 시각으로 볼 때는 단어 하나, 품사 하나 소홀히 할 수 없는 부분이었을 것이다.

시작도 끝도 없었던 그날의 전쟁 후 벌써 30년의 세

월이 지났다. 이제 두 사람 다 세상을 떠났다.

그러나 세월이 갈수록 더 새록새록 생각이 난다.

의미 있는 다툼이었다고나 할까.

요즘은 문인들이 모여도 그런 건설적인(?) 다툼은 없다. 치열한 문학성도 없고 우리말에 대한 사랑이나 애정도 없는 것 같다. 인도의 시인 타고르는 평생 힌두어를 쓰지 않고 모국어인 벵골어를 사랑해 갈고 닦았으며, 김현승 시인은 가을엔 겸허한 모국어로 나를 채워 달라 기도하지 않았던가.

시는 고사하고 가끔 가다 뜬금없는 정치 이야기나 끌고 와서 마치 자기가 정당 대변인이라도 된 듯 선전하거나 자기주장에 동조라도 해달라는 소리만 하고 있으니 번지수를 착각하고 있음이 분명하다.

마치 축구 선수들 모임에 와서 혼자 줄넘기를 하고 있는 듯한 형국이니 말이다.

이런 일은 본인도 본인이지만 보는 이를 매우 딱하게 만드는 일이 되기도 한다.

우울한 겨울

2020년 2월 6일.

11개월 동안 우주에 머물렀던 우주 비행사들이 우주복을 입은 채 환희의 웃음을 웃으며 개선장군처럼 지상에 내려왔을 때 지상에서는 또 다른 우주복을 입은 사람들이 바이러스와 싸우고 있었다.

아무도 예상치 못한 일이었다.

싸움의 발단은 바이러스들의 선제공격으로 시작되었는데 싸움이 시작되자마자 바이러스들은 사람들이 말을 하지 못하도록 입을 틀어막았다.

그리고 발을 묶어놓았다. 함께 모이고 당을 짓는 것을 금했다. 그리고 철저히 유폐시켰다. 인간이 집단이 되었을 때 악한 쪽으로 흐른다는 것을 이미 알고 있었던 것일까. 모든 집단행동을 멈추게 했다.

그리고 포고령을 어긴 자들을 모두 죽였다.

자비는 없었다.

금세 지상에는 가느다란 한 줄기 연기가 피어올랐다. 화장터 연기였다. 그 연기는 처음에는 작았는데 점차 둥글고 크게 원을 그리며 올라왔다. 그리고 바람을 따라 서서히 범람원을 이루고 있었다.

자고 나면 쌓이는 주검의 숫자들!

사람들은 비로소 자신들의 무능함을 깨닫게 되었다. 작고 보잘것없는 것들을 무시했던 인간들의 오만이 철저히 무너지는 시간이었으며 만물의 영장이라는 자리를 내려놓는 시간이기도 했다.

그동안 인간이 전쟁을 위하여 개발해 놓은 무서운 살상 무기들도 무용지물이었다.

미사일도, 항공모함도, 스텔스 기능도 아무 쓸모가 없었다.

무시로 있다가 사라지고 공간을 이용하여 날개도 없이 공중부양을 하는 적들을 상대하기란 역부족이었다. 거기다가 적들의 실체는 전자현미경이 아니면 눈으로 확인하는 것은 불가능했다.

군수품을 보급받지 않아도 얼마든지 생존할 수 있으며, 어느 공간이든지 자유자재로 드나들며 무차별 공격을 감행하는 그들을 상대하는 것은 버거운 일이었다.

좌파와 우파의 싸움이 아니었다. 국가와 국가 간의 싸움이 아니었다. 눈에 보이질 않는 적들과의 싸움이었다.

아무도 생각지 못한 일이었다. 전선이 명확히 정해진 것도 아니었다. 무슨 선전포고 따위는 없었다. 총소리도 없었고, 진격나팔 소리도 없었다. 소리 없이 나타나서 소리 없이 공격하는 침묵의 살인자들!

전 세계를 상대로 한 전쟁이었다.

어두컴컴한 우한 어느 수산시장 근처에서부터 시작된 싸움은 걷잡을 수 없이 사방으로 퍼져 나갔다. 공격의 대상을 특정하지는 않았다.

잘사는 자와 못사는 자를 가리지 않았다. 지위의 높고 낮음도 가리지 않았다. 어른이나 아이도 구분하지 않았다. 살아 있는 자는 공격의 대상이었다.

최초로 싸움이 시작된 도시는 봉쇄되었다. 인적이 끊기고 적막만이 흘렀다. 그러나 사람들은 봉쇄되었지만 바이러스들은 봉쇄되지 않았다. 죽음의 그림자만 음습하게 겨울 하늘에 드리워져 있었다. 사람들은 서서히 무너져 갔다. 겨울이 지나고 봄이 되면 끝날 것 같던 전쟁은,

봄이 와서 꽃이 피고 새가 울어도 쉽게 끝나지 않았

다.

오랫동안 도시에 유폐된 사람들은 발광하기 시작했다. 무엇인가, 인적이 끊긴 도시를 어둠과 두려움의 침묵이 무겁게 누르고 있었다.

한밤중쯤 누군가 아파트 창문을 열고 소리를 지르기 시작했다.

"아아아, 우우우…."

"워이, 워이…."

처음에는 아주 작은 소리로 구슬프게 들리던 소리가 시간이 지날수록 점점 더 큰 소리가 되어 울리기 시작했다. 그리고 그 소리는 마치 밀림 속의 짐승들의 울부짖음처럼 텅빈 도시 전체로 울려 퍼져 나갔다.

음울한 합창이었다.

곡조도 없고 가사도 없는 거대한 신음소리!

아무도 알아들을 수 없는 괴기한 울부짖음이었다. 밀폐된 공간에 먹을 것과 마실 것이 있었지만 아무런 위안이 되지 못했다.

생존에 필요한 것은 단순히 빵이 아니라는 사실을 증명하고 있었다.

방공호 따위는 필요 없었다. 마땅히 피난 갈 곳도 없었다.

안전한 곳은 처음부터 지상에 존재하지 않았다.

겨울에 시작된 전쟁은 다시 겨울이 찾아와도 지루하게 계속되었다. 사람들은 살아남은 자들의 숫자에 희망을 걸다가 그만 포기해 버렸다. 숫자를 헤아리는 것은 아무런 의미가 없다고 느꼈기 때문이다. 밑도 끝도 없는 전쟁이 소강상태에 접어든 것은 세 번째 겨울을 맞이한 어느날이었다. 바이러스들은 어디론가 하나씩 공간 이동을 하고 있었다.

알 수 없는 일이었다. 아무도 그들이 간 곳을 알 수 없었다.

인간들에게 철저히 낮아짐을 가르친 후 일방적으로 철수했다. 그래도 그들은 주둔군을 남겨놓은 채였다.

지상에는 전쟁의 상처만 가득했다. 포연이 가득한 폐허 위로 간간이 연기만 피어올랐다. 철수한 적들은 잔인했다. 죽은 자들에 대한 일체의 눈물이나 접근도 허락하지 않았다. 당분간 허탈한 정적은 계속될 것 같았다. 살아남은 자들은 다시 흩어진 가재도구를 챙기기 시작했다.

문득, 백년쯤 지난 어느 날 역사가는 이렇게 기록할지도 모른다는 생각이 들었다.

"그 해 겨울.

당시 인간들은 우주를 정복했지만 바이러스는 아직 정복하지 못한 상태였다."

인간 고환규

한국목양문학회는 목회자들이 문학 단체나.

초창기에 참여했지만 6집 이후 근 10년간 이런저런 이유로 참여를 못하였다. 그러다가 10년이 지난 후, 그러니까 강산이 한 번도 더 변한 후에 와 보니 초창기 회원들의 모습은 보이지 않고 새로운 회원들이 참여하고 있었다.

그런데 그 회원들 가운데 유난히 두드러진 사람이 있었는데 그가 고환규 목사다.

고환규 목사의 특별한 점은 사실, 그의 작품이 아니라 그의 삶의 모습이었다고나 할까.

그는 늘 모임에 늦게 나타났다.

빠르면 삼십 분 그렇지 않으면 한 시간 그리고 그 이상인 경우가 많았다.

이상한 일이었다.

그는 항상 늦지만 한 번도 바쁜 모습으로 나타난 적은 없고 늘 힘들게 캐리어를 끌고 다녔다.

마치 어디 여행을 갈 사람처럼, 아니면 여행에서 막 도착한 사람처럼 나타났다.

다른 회원들이 늘 맨손으로 나타난 것과는 사뭇 대조되는 모습이었다. 그런데 그가 막상 도착해서 가방을 열고 뒤적거리는 것을 보면 그 속에는 예배 순서지거나 악보, 그리고 이런저런 알 수 없는 종이들만 있을 뿐이었다.

그는 늘 그렇게 나타났다.

빨간 베레모에 흰색 상의에 때때로 붉은색 로만 칼라를 입고 나타났다. 그리고 늦게 나타난 데 대한 사과나 미안함 그런 것은 없어보였다.

늦게 도착한 후에도 늘 과거 이야기를 먼저 끄집어냈다. 그러니까 나는 그가 세상을 떠나기까지 3,4년 동안 한 달에 한 번씩 그의 과거 이야기를 들은 셈이다.

그는 과거 군사 정권 시절 독재 권력에 끌려가서 고문을 당한 이야기를 했다. 그것도 흥분하지도 않고, 띄엄띄엄 차분한 목소리로 말했다.

나쁜 놈들이란 욕도 하지 않았고 비난도 없었다. 철저히 남의 말을 하듯 객관적이었다. 잘못한 일도 없이 끌려가 심한 전기 고문으로 심장이 망가져서 정기적으로 심장 배터리를 교환해야 살 수 있다는 말을 했다. 그리고 이어서 집사람이 대학병원 간호부장으로 있던 덕분으로 줄기세포를 이식해서 살아났지 그렇지 않았다면 진즉 죽었을 것이란 이야기를 반복해서 해댔다. 그리고 세상이 민주화가 되어서 재심을 청구하여 간첩사건이 조작임이 밝혀졌고 국가에서 손해 배상을 받아 가라고 했지만 여태껏 찾아가지 않았노라고 했다.

언젠가 내가 왜 찾아가지 않았느냐고 물었을 때 그는 "한 목사님이 그런 돈 받지 말라."고 했다고 역시 천연덕스럽게 말했다. 한경직 목사를 말하는 것 같았다.

차라리 그런 돈 받아서 문학상 상금으로 쓰라고 넌지시 말해 봤지만 역시 묵묵부답이었다.

초지일관으로 임하는 것 같았다.

그는 낭송회도 낭송회거니와 지휘에 더 열심인 듯했다.

광복절이나 성탄절, 그리고 삼일절 같은 절기에는 합창단원들을 데리고 광화문 광장 세종대왕 동상 근처에서 합창을 한다고 했고, 해병대 초대교회에 나가서 특송을 했노라며 단톡방에 사진을 올렸다. 열심이었다. 어느 때는 작곡가 박재훈 씨가 왔노라고 했고, 죽을 때는 죽었다는 소천의 소식을 몇 번씩 알리며 슬퍼했다.

자기가 손수 돈을 들여 원색의 단복과 베레모를 주문해 나눠주기도 했다.

그리고 한 달에 한 번씩 있었던 시낭송회가 끝난 후에는 연지동 순두부집에 가서 굴순두부나 청국장을 대접하기도 했다.

그러나 특이한 점은 그에 대해서 구체적으로 아는 사람은 별반 없는 듯했다. 그의 가족 관계라든지, 거주지라든지, 단순히 교계신문의 편집국장으로 재임했단 사실만 말할 뿐이었다. 그의 주소는 늘 사서함으로 표기되어 있었다.

그런데 흥미로운 것은 늘 모임에 늦게 도착하여 잔소리 진소리를 해대고 있었지만 누구 하나 싫은 내색 없이 끝까지 경청하고 있다는 사실이었다.

그는 때때로 수요일마다 일본 대사관 앞에 나가서 수요예배를 드린다고도 했다. 위안부 할머니들을 위해서라고 했다. 이제 몇 분이 안 남았노라고 말을 하기도 했다. 물론 그런 말도 객관적인 타자他者처럼 말했다. 일본 놈들이 나쁘단 소리도 하지 않았고, 비난한 일도 없었다.

담담한 어조로 늘 말했다.

그는 항상 시낭송회를 주관했다.

이제부터는 임원회에서 주관한다고 알렸다지만 그는 듣는 둥 마는 둥 시낭송회 소식을 단톡방에 올렸다. 그뿐 아니라 연이어 합창단 이야기까지도 함께 올렸다. 경계가 불분명할 때가 많았다.

소천하기 전, 그는 김정석 목사가 있는 통영에 비행기 타고 가서 시낭송회를 하겠노라는 원대한(?) 포부를 밝히기도 했다.

그러나 결국, 그 꿈을 이루지 못한 채 세상을 떠나고 말았다.

오토바이와의 충돌로 인한 교통사고 때문이었다. 애석한 일이었다.

그가 세상을 떠난 후 단톡방은 오랜 동안 침묵에 잠겨 있다.

합창단 소식도 들려오지 않고 있다.

해병대 초대교회 사진도 더 이상 올라오지 않고 있으며,

빨간 베레모를 쓴 그의 천진한 모습도 더 이상 보이지 않는다.

나는 그의 음악 세계에 대하여 잘 모른다. 물론 문학

성에 대해서는 더더욱 그러하다. 그러나 지금 생각해보면 단지 그는 시를 쓴 것이 아니라 시적인 삶을 살다간 사람이 아닐까라는 생각이 들곤 한다.